Elke Frank

Menschenländer

Ein Innenweltmärchen

Von derselben Autorin erschienen:
Das Tor zum Park
ISBN 978-373-228-276-0

Bibliografische Information der Deutschen Nationalbibliothek:
Die Deutsche Nationalbibliothek verzeichnet diese Publikation in der Deutschen Nationalbibliografie; detaillierte bibliografische Daten sind im Internet über http://dnb.dnb.de abrufbar.

© 2014 Elke Frank
Herstellung und Verlag: BoD - Books on Demand Norderstedt
ISBN 978-373-229-293-6

Inhaltsverzeichnis

Der Bär 7
Das fahle und das geheimnisvolle Land 15
Das Land des Löwen 36
Das gastliche Land 54
Clover Trifoleum 67
Daucus Carotta 79
Quendel Alvis 91
Nuphar Nymphea 103
Das Land der Dämmerung 113
Wichtelstadt 133
Am Teich 147

Für Anni und Hein

Der Bär

"Das Leben", sagte Anna, "ist kahl wie ein abgenagter Knochen."
Das hatte sie irgendwo gelesen, aber gerade in diesem Moment fühlte sie genau so.
Im Haus war es ganz still. Nur manchmal knackte das Holz oder der Kühlschrank summte. Von draußen hörte sie dann und wann das Klappern der Schiefern an der Hauswand, wenn sich der Wind dagegen warf. Durch das Fenster sah sie, wie er über Pfützen streifte und kleine Wellen vor sich her trieb, wie er den Rauch fetzenweise aus den Kaminen der Häuser riss, Äste aufwarf und einzelne Blätter über die nasse Straße wehte.
Anna wartete, sie wusste nur leider nicht, worauf - vielleicht darauf, dass sich ihr Leben änderte. Sie sah auf die Uhr und das war dumm, denn sie hatte erst vor einer halben Minute auf die Uhr gesehen. Sie legte die eine Hand um die noch warme Teetasse und hätte mit der anderen Hand gerne ein Stück Brot zerkrümelt, wie es zerstreute Buchheldinnen manchmal taten, um sich zu beweisen, das alles normal war und sie keinen Grund für dieses öde Gefühl der Leere hatte. Aber sie brachte es nicht fertig, ein Stück Brot einfach zu zerkrümeln. Sie hatte Achtung vor dem Brot. Sie seufzte.
Sie war allein. Das ganze lange Wochenende. Freitag, Samstag, Sonntag. Vielleicht war ihr deshalb aufgefallen, dass ihr persönliches Leben, ihr inneres Leben, so öde und leer war. Zu tun hatte sie mehr als genug, gebraucht wurde sie mehr als genug. Daran lag es nicht.

Das Telefon klingelte. Das war einer von *den Anderen*. Sie sah noch nicht mal auf das Display, sie ließ das Telefon klingeln und klingeln, sie hatte sie alle so satt. Sie stand auf, ging in den Flur und betrachtete sich in dem Garderobenspiegel. Zwei steile Falten standen auf ihrer Stirn. "Überdrussfalten", nannte ihre Mutter sie.

Sie hatte von dem einen zuviel, und zum anderen fehlte ihr etwas, etwas Dringendes, Drängendes, Wichtiges, kompliziert und mühsam.

Und wieder war das Leben ein abgenagter Knochen. Kahl, fahl, spitz, unbeachtet in einer Ecke vor sich hin modernd. Nicht einmal eine Ameise würde noch Gefallen daran finden.

Es klingelte und Anna blieb einen Moment lang erschrocken still stehen und betrachtete ihr Gesicht im Spiegel. War sie blass geworden oder sahen ihre Sommersprossen immer so dunkel aus? Sie drückte auf den Knopf, der unten die Haustür öffnete und trat ins Treppenhaus.

"Ja?" rief sie und beugte sich über das Geländer.

"Post!" schallte eine Stimme von unten herauf. "Ein Päckchen!"

Anna ging die Treppe hinunter und der Postbote händigte ihr das Päckchen aus. Es war würfelförmig und etwa zwanzig Zentimeter lang und breit; es kam von ihrer Schwester und war für seine Größe ganz schön schwer.

Wieder in der Wohnung, stellte sie das Päckchen auf ihren Schreibtisch. Nach dem Packpapier kam der Karton, nach dem Karton kam Holzwolle zum Vorschein, und in der Holzwolle...

Sie griff vorsichtig zu und hob es heraus.

Es war eine Tonskulptur; heller, gebrannter, aber sonst unbehandelter Ton. Ein Bär. Ein Bärchen, das ihre

Schwester modelliert hatte. Ein Bärchen, das auf seinem Hinterteil saß, sich vertrauensvoll an Stück Baumstamm lehnte, oder vielmehr den Baumstamm umfasste. Ein dickes Bärchen mit runden Ohren und einem Stummelschwanz. Alle vier Krallentatzen lagen um den Baumstamm und auch der Kopf lehnte mit der linken Wange daran - falls Bären Wangen hatten. Und so, mit geneigtem Kopf, rund und kuschelig an den Stamm gelehnt, schien der Bär eine einzige Frage zu sein. Anna strich behutsam mit dem Finger seinen Rücken hinunter.

"Du", sagte sie, und die Falten auf ihrer Stirn glätteten sich, "hast mir gerade noch gefehlt."

Das Mädchen saß in einem Holzkahn und sah zum Himmel hinauf. Es kam ihr so vor, als hätte sie schon immer so da gesessen. Im Herbst, wenn morgens rauchblauer Nebel über dem Land lag und die Blätter an den Bäumen leuchteten. Im Winter, wenn es morgens noch dunkel war und sie, warm verpackt in Mantel und Stiefel, den Schnee aufwirbelte, der in ihr Boot fiel. Im Frühjahr, wenn Tautropfen in der Morgensonne glitzerten und alles neu und frisch und lichtgrün schimmerte. Jetzt im Sommer trug sie ihr rotes Kleid und sah neben dem reifen Kornfeld wie eine Klatschmohnblüte aus.

Ihr Boot schwamm nicht; schon seit langer Zeit lag es auf dem Grund eines ausgetrockneten Teiches. Tag für Tag saß das Mädchen in ihrem Boot und wartete darauf, dass es wieder schwimmen würde wie früher. Sie kannte die Ufer ganz genau, sie kannte die Pflanzen, die dort wuchsen, sie kannte das Kornfeld auf der einen Seite und den Wald auf der anderen. Sie wünschte sich, einmal wieder auf dem großen Fluss zu fahren wie früher. Doch der tiefe Kanal, der vom Teich zum Fluss führte, war genauso ausgetrocknet wie der Teich selbst. Das Mädchen wusste nicht, warum.

An diesem Morgen, als das Mädchen in seinem mohnroten Kleid im Boot saß, kam ein großer Bär aus dem Wald, ging langsam um den trockenen Teich herum, setzte sich an der Wegkreuzung vor dem Kornfeld hin und lehnte sich bequem an den hölzernen Wegweiser, der dort stand und nirgendwohin wies.

Der Bär blinzelte in die Sonne.

"Guten Morgen", sagte das Mädchen.

"Guten Morgen", sagte der Bär. "Es ist lange her, nicht wahr?"

"Was ist lange her?"

"Dass du an mich gedacht hast", brummte der Bär.

"Ich habe dich noch nie vorher gesehen", sagte das Mädchen. "Vor zwei Wochen warst du noch ein Klumpen Ton, und..."

Der Bär wischte diesen Einwand mit einer Tatzenbewegung beiseite.

"Ich lebe jetzt", sagte er, stand umständlich auf und drehte sich einmal um sich selbst wie ein Tanzbär. Er war groß, viel größer als das Mädchen, und sein Fell schimmerte dunkelbraun und goldig. "Ich habe immer gelebt. Ich bin dein erster Teddybär. Ich bin auch der Bär, den du als Schneeweißchen heiraten wolltest. Ich bin der Bär, der deine Kakaokanne war und der, den du auf deinen Pullover gestickt hast. Und ich bin der Bär aus Ton, den deine Schwester dir geschickt hat. Du hast mich immer schon geliebt."

"Ja." sagte das Mädchen und strich mit der Hand verlegen über ihren knittrigen roten Mohnblumenrock.

"Und doch", schnaufte der Bär und seine Nase glänzte feucht, "ist es lange her, dass du an mich gedacht hast."

Das Mädchen senkte den Kopf.

"Es gibt so viel, an das ich denken muss", sagte sie. "Pflichten, die man hat, Arbeiten, die man tun muss, und Familie und Freunde; na ja, das ganze Leben eben..."

"Das ganze Leben?" fragte der Bär, setzte sich wieder und legte eine Tatze hinter das Ohr, "Das GANZE Leben? Wie gefällt es dir denn, dein ganzes Leben?"

"Es ist furchtbar", sagte das Mädchen leise. Sie deutete auf den ausgetrockneten Teich. "Es ist kahl wie ein abgenagter Knochen."

"Siehst du", nickte der Bär, "zu deinem Leben gehöre ich ja wohl auch. Ich und das, was ich für dich bewahrte und mit mir bringe."

"Was bringst du mit dir?" fragte das Mädchen ängstlich und neugierig zugleich.

"Bärchen." sagte er mit glänzenden dunklen Augen. "Märchen, die der Bär mitbringt."

"Bärchen", wiederholte sie. "Wirst du sie mir erzählen?"

"Das kann ich nicht." sagte der Bär. "*Du* musst sie *mir* erzählen."

"Wie kannst du sie mir mitbringen und ich muss sie dir erzählen? Ich kann keine Märchen erfinden."

Der Bär seufzte tief.

"Das wird schwerer als ich dachte", sagte er bekümmert. "Du kannst nicht einmal mehr Bärchen erzählen. Kein Wunder, dass der Teich ausgetrocknet ist. Hoffentlich bin ich nicht zu spät gekommen."

Er stand auf, legte die Vordertatzen auf dem Rücken zusammen und ging ein paar Mal auf und ab.

"Kahl wie ein Knochen... " murmelte er, " ...kann keine Märchen erzählen... sitzt auf dem Trockenen... denkt nicht mehr an mich... glaubt, dass das ganze Leben... "
Er blieb plötzlich stehen und drehte sich zu dem Mädchen um.
"Du wirst die Bärchen nicht erzählen!" rief er triumphierend, "Du wirst sie erleben!"
Das Mädchen sah ihn aus großen Augen an und schwieg verwirrt.
"Ich werde dir eine Frage stellen", verkündete der Bär, kam nahe heran und legte ihr eine Tatze auf den Kopf. "Hör genau zu. Bist du ein Kind der Sonne oder ein Kind des Mondes?"
"Weiß ich nicht", sagte das Mädchen. "was meinst du damit?"
"Du brauchst dich nur zu fragen, ob du lieber Sonne oder Mond wärest."
"Das weiß ich auch nicht."
"Dann geh und finde es heraus." sagte der Bär. "Es ist wichtig für dich."
"Aber ich habe keine Zeit!"
"Weil du dein furchtbares Leben leben musst, das kahl ist wie ein abgenagter Knochen?" knurrte der Bär. "Mach mich nicht wütend."
"Aber wohin soll ich gehen, um das herauszufinden?" fragte das Mädchen mutlos, krabbelte aber gehorsam aus dem Kahn und das Ufer hinauf.
"Dahin, wo der Pfeffer wächst", sagte der Bär und ging zum Wegweiser zurück, "dahin, wo die Zitronen blühen." Er versetzte dem Wegweiser einen Stoß, dass er sich drehte wie ein Kreisel. "Dahin, wo Pferde mit Adlerschwingen geboren werden. Dahin, wo jede Wolke einen silbernen Rand hat. Überall und nirgendwo hin."

Der Bär sah auf sie hinunter. "Ich bin weder Reisebüro noch Info-Schalter. Ich bin nur hier, weil ich dir gerade noch gefehlt habe."

Er reichte ihr eine Kette mit einem Bernsteinanhänger. "Nimm dies mit dir."

Das Mädchen hielt den Anhänger gegen das Licht; es war ein warmer, dunkelgoldener Tropfen, klar und leicht. Sie hängte ihn um ihren Hals.

"Bären und Bernstein", brummte der Bär, "Bernstein und Bären. Passt irgendwie zusammen. Und nun mach dich auf den Weg."

Er trottete über den Weg, drehte sich am Waldrand noch einmal um, winkte und verschwand dann in der dunklen Kühle unter den großen Bäumen.

"Jetzt muss ich aber wirklich gehen", sagte Anna laut.

Sie tupfte dem tönernen Bären mit dem Finger leicht auf den Kopf. Aber anstatt ihre Jacke anzuziehen und ihre Tasche zu nehmen, hockte sie sich vor den alten Schrank, der im Flur stand, und wühlte in der untersten Schublade herum. In einem kitschigen, muschelbesetzten Kästchen fand sie den Bernsteinanhänger, an den sie seit Jahren nicht mehr gedacht hatte, und hängte ihn an seiner altmodischen Kette um ihren Hals.

Anna sauste fast im Laufschritt in das alte Café, in dem sie verabredet war. Sandra war schon da und sah ihr matt enttäuscht entgegen.

"Da bist du ja endlich", sagte sie mit müder Stimme.

"Ich bin nicht zu spät", antwortete Anna nach einem Blick auf die Uhr und setzte sich.

Es war wie jedes Mal, wenn sie sich trafen. Sandra leierte langweilige Geschichten vor sich hin. Ihre Stimme war langweilig. Ihr fahles rostbraunes Kleid war langweilig, sogar ihr Modeschmuck war langweilig: geometrische schwarz-weiße Scheußlichkeiten an Ohrläppchen und Halsausschnitt.

Das Leben, dachte Anna und gähnte, war tatsächlich kahl wie ein abgenagter Knochen.

Das fahle und das geheimnisvolle Land

Das Mädchen blickte auf den Wegweiser. Vorher war er leer gewesen, doch seit der Bär ihn gedreht hatte, gab es beschriftete Pfeile, die in alle Richtungen wiesen. "Das Land des Löwen", stand dort, "Das fahle Land", "Das geheimnisvolle Land", "Das Land der Dämmerung" und "Das gastliche Land". Das Mädchen verschränkte die Arme und überlegte.

"Was soll ich jetzt tun?" fragte sie laut.

"Bären und Bernstein", summte es an ihrem Hals. "Bernstein und Bären."

Das Mädchen hielt den Anhänger gegen das Licht. Diesmal sah sie einen kleinen, knuffigen Bernsteingeist. Er hatte eng zusammenstehende Augen, einen dicken Schnurrbart und lachende Apfelbäckchen.

"Wer bist du denn?" fragte das Mädchen.

Der Geist zog seine Mütze vom Kopf und machte eine drollige Verbeugung.

"Das Bernsteinmännlein, siehst du's nicht?
verwandt, er kann's nicht hindern,
dem Glasmännlein, das sein Gesicht
nur zeigt den Sonntagskindern."

Das Männlein kratzte sich am Kopf und stülpte die Mütze wieder auf.

"Verwandt auch, wie das Leben geht,
auf Bahnen schief und krumm,
mit jenem Männlein, das da steht
im Walde still und stumm."

"Musst du eigentlich in Versen sprechen?" fragte das Mädchen, "Du machst mich ganz nervös."

"Sieh doch ein, ich kann ja nicht,
selbst wenn ich es wollte,
ändern wie das Männlein spricht,
das wär' eine Revolte!"
"Warum bezeichnest du dich als *das Männlein*? Warum sagst du nicht einfach *ich*?"
Das Männlein wurde zornig. Es stützte die Hände in die Seiten und stampfte mit dem Fuß auf.
"Was bist du dumm, du Menschenkind,
ich muss mich danach richten,
dass Wort' sich reimen, die ich find,
es ist doch schwer, zu dichten!"
"Warum", begann das Mädchen und wollte fragen, warum das Bernsteinmännlein dichtete, wenn es ihm doch so schwer fiele, aber das Männchen riss sich schon die Mütze vom Kopf, warf sie auf die Erde und trampelte darauf herum, während es schrie:
"Es ist schon immer so gewesen,
in vielen tausend Märchen,
dass einer dort in Versen spricht,
frag doch dein kluges Bärchen!"
Das Mädchen wollte erst darauf hinweisen, dass sich *gewesen* nicht auf *spricht* reimt, doch dann wäre das Männchen sicher vor Wut geplatzt. Oder hätte sich zerrissen wie Rumpelstilzchen. Und so schwieg sie, bis das Männlein sich beruhigt hatte, seine Mütze aufhob und sie abklopfte, bevor er sie wieder aufsetzte.
Das Mädchen deutete auf den Wegweiser.
"Was soll ich jetzt tun?" fragte sie leise.
"Wer hätt' geglaubt, dass du vergisst,
was dich gefragt der Bär.
Ob Sonnen- oder Mondkind bist,
wer bist du, sag schon, wer?"

"Ich weiß es nicht", sagte das Mädchen und verkniff sich die Bemerkung, das es in diesem Falle eigentlich heißen musste: "was bist du, sag schon, was", aber *was* reimte sich nun mal nicht auf *Bär*.
"Soll ich das hier herausfinden?" Sie deutete auf den Wegweiser. "Im fahlen Land? Im gastlichen Land? Im Land des Löwen?"
"Die Wahrheit ist, die Menschen sind,
egal ob dumm, ob schlau
innerlich wie Länder, Kind,
das weiß ich ganz genau."
Das Mädchen sah sich die fünf Inschriften auf dem Wegweiser noch mal genau an.
"Und du meinst in einem dieser Länder", sie sah das Bernsteinmännlein prüfend an, "oder, wie du sagst, von einem dieser Menschen kann ich erfahren, ob ich ein Kind der Sonne oder ein Kind des Mondes bin?"
Das Männlein schwenkte vergnügt die Arme.
"Musst dich selbst entscheiden können,
ohne mich und Bären,
musst dir Zeit und Muße gönnen,
lass dein Glück gewähren."
"Mein Glück?" fragte das Mädchen zweifelnd. Sie wusste nie genau, ob das Männlein meinte, was es sagte, oder ob es nur etwas sagte, damit es einen schönen Reim ergab.
Aber da sie wirklich keine Ahnung hatte, welchen Weg sie wählen sollte, schloss sie die Augen, drehte sich ein paar Mal um sich selbst und ging dann vorwärts. Und als sie die Augen wieder öffnete, hatte sie schon den ersten Schritt ins fahle Land getan.

Die Erde, die Büsche und Sträucher im fahlen Land waren langweilig matt rostbraun, der Himmel langweilig grau, und weit dort hinten lag etwas, das eine Burg sein konnte, die schwarzweiß war und scheußlich. Obwohl keine Sonne schien und der Himmel bedeckt war, tat das kreidighelle Licht in den Augen weh. Das Mädchen blinzelte. Sie drehte sich um, doch Wegweiser, Kornfeld und ausgetrockneter Teich waren verschwunden, um sie her war nur das fahle Land, soweit das Auge reichte.

"Wie komme ich denn wieder zurück?" fragte sie verstört.

"Wenn die Zeit gekommen ist,
wirst du den Ausgang finden.
Wenn du klug und listig bist,
kann dich hier gar nichts binden."

"Hoffentlich hast du recht."

Sie ging langsam durch das fahle Land auf die Burg zu, die auf einem kleinen Hügelchen lag. Bei jedem Schritt stiegen Staubwolken auf; das Mädchen nieste und hustete und ihre Beine und ihr Rock nahmen langsam eine staubfahle Färbung an. Sie bekam großen Durst, aber nirgendwo sah sie einen Bach, einen Teich, einen Fluss. Selbst eine Pfütze wäre ihr recht gewesen. Doch das ganze fahle Land war staubtrocken. Die kümmerlichen Büsche mussten lange Wurzeln haben, um in der Tiefe ein bisschen Feuchtigkeit zu erreichen. Das Mädchen überlegte, ob sie nach Wasser graben sollte, aber dann sagte sie sich, dass in der Burg bestimmt jemand wohnte, und wo es Lebewesen gab, gab es auch Wasser. Und so wanderte sie weiter.

"Wirble doch den Staub nicht auf,
sei vorsichtig beim Gehen,

legt sich auf den Bernstein drauf,
kann bald nichts mehr sehen."

"Deine Probleme möchte ich haben", sagte das Mädchen und wischte mit der Hand über den Anhänger, "sobald wir in der Burg sind, wasche ich dich ab."

"Nasses Wasser, Wasser kühl,
planschen, spritzen, trinken,
Wasser strömend, Wasser still,
ich möcht' darin versinken."

"Red nicht vom Wasser, ich werde immer durstiger."

Als sie dicht an einem der Sträucher vorbeikam, nahm sie einen Zweig und versuchte, den Staub von den Blättern zu wischen. Sie wollte wissen, ob die Blätter unter dem Staub grün waren. Doch so lange sie auch rieb, die Blätter behielten ihre matte, rostige Farbe.

Das Mädchen ging weiter. Der Staub drang in Augen, Nase und Ohren; ihr Haar war genauso mit Staub bepudert wie ihr Kleid.

Das Land war so kahl und so langweilig, dass das Mädchen müde und gleichgültig wurde und bald überlegen musste, warum sie überhaupt hergekommen war. Sie blieb stehen und dachte nach. Aber es schien, als hätte sich der Staub auch in ihrem Gehirn festgesetzt; sie konnte sich nicht erinnern. Und sie ging nur deshalb weiter, weil einzig die schwarz-weiße Burg in diesem Land nicht fahl und rostbraun war.

Nach dem langen Weg bis zur Burg wusste sie nicht einmal mehr, dass sie durstig war und hier um Wasser bitten wollte. Die Torflügel in den Burgmauern standen weit offen und innen waren die Steinquader der Burg nicht mehr schwarz-weiß wie außen, sondern rostbraun wie das Land, wie der Staub. Das Mädchen ging durch einen großen Innenhof und weiter durch eine Tür in die

Burg hinein. Es war niemand da. Sie ging durch lange Korridore. An den Wänden hingen Bilder, doch man konnte nichts mehr darauf erkennen, denn der Staub hatte sich auch da festgesetzt und sie unkenntlich gemacht.

Das Mädchen kam in einen runden Thronsaal. Auf einem Podest stand ein prachtvoll geschnitzter Thron und an den Wänden hingen große Wandteppiche, die einmal lebhaft bunt gewesen sein mussten. Jetzt waren sie voller Staub, genau wie die Schnitzereien des Throns.

"Was willst denn du?" fragte eine Stimme und das Mädchen erschrak. Sie hatte nicht bemerkt, dass jemand hier war. Dann entdeckte sie eine kleine Gestalt, die auf dem Thron saß, fahl wie der Staub, in einem langen, blassen Gewand.

"Ich weiß nicht mehr, was ich will", sagte das Mädchen, "aber darf ich fragen, wer du bist?"

"Das hat mich schon lange niemand mehr gefragt", sagte die verschrumpelte Gestalt auf dem Thron. "Ich glaube, ich weiß die Antwort nicht mehr." Als sie aufstand, stieg eine Staubwolke auf.

"Staubeputtel", kicherte das Mädchen, "du bist nicht Aschenputtel, du bist Staubeputtel."

"Ich bin Staubeputtel", sagte die Gestalt ernst. "Staubeputtel das erste, Staubeputtel das einzige. Was willst du von Staubeputtel?"

Das Mädchen war verblüfft. Sie konnte doch unmöglich den richtigen Namen erfunden haben. Vielleicht hatte sich Staubeputtel einfach mit dem Namen zufrieden gegeben, den sie ihm gab.

"Nun sag schon! Was willst du?"

Staubeputtel stieg von dem Podest und kam auf sie zu. Es war viel kleiner als sie, es reichte ihr nur bis zur

Taille. Es griff mit einer kleinen, vertrockneten Hand zu dem Bernstein, doch es konnte ihn nicht erreichen.

"Was ist das?"

"Um es mit Verlaub zu sagen,
ein Bernsteinmännlein bin ich.
Das Mädchen wollte dich was fragen,
doch was, darüber sinn ich."

"Hast du es auch vergessen?" fragte das Mädchen. "Das heißt, vergessen habe ich es eigentlich nicht, es ist nur so viel Staub dazwischen..."

Sie hockte sich auf das Podest und Staubeputtel kam näher und betastete den Bernstein mit flinken, sanften Fingern.

"Wasser!" sagte das Mädchen plötzlich und verschreckt sprang Staubeputtel zurück.

"Wasser? Wo?" Es schien völlig verängstigt.

"Ich wollte dich fragen, ob du Wasser für uns hast."

"Nein, ich habe kein Wasser." Staubeputtel schüttelte sich. "Ich habe kein Wasser, ich will kein Wasser, Wasser ist schrecklich."

"Warum ist Wasser schrecklich? Brauchst du es nicht zum Leben? Du könntest dein Land bewässern, oder die Wandteppiche waschen, dann wären sie wieder bunt. Oder die Bilder, dann siehst du, was drauf ist. Alles würde grünen und blühen, es wüchsen Bäume, Gras und Blumen draußen..."

"Und dann kämen Bienen und Fische und Vögel", sagte Staubeputtel mit Grausen in der Stimme. "und Rehe und Kühe, weil es Gras gibt. Und schließlich vielleicht sogar Menschen - oh nein! Nein, nein, nein!"

"Warum nicht? Wäre das nicht viel schöner?"

"Nein. Das hatte ich alles schon. Sie haben das Land abgeweidet, das Gras zertrampelt, sind um mich herumgeschwirrt. Sie waren neugierig und aufdringlich, haben meine Sachen durcheinander gebracht oder gestohlen und sind mir auf die Nerven gefallen. Ich will sie nicht mehr. Darum gibt es in diesem Land kein Wasser. Das hält sie alle sicher fern. Ich kann sie nicht ertragen."

"Gibt es denn gar nichts, was du ertragen kannst?" fragte das Mädchen traurig.

"Nichts, das zappelt und rennt, fliegt und kriecht und Unordnung macht."

"Und gibt es hier nur Staub und Sand,
Mädchen, darfst nicht weinen,
wenn nichts soll leben in dem Land,
wie wär's mit Edelsteinen?"

"Hast du gehört?" sagte das Mädchen lebhaft zu Staubeputtel, "Wie wär's mit Edelsteinen? Steine sind ruhig, bewegen sich nicht, fressen nichts und gehen niemandem auf die Nerven. Und sie sind bunt und schön..."

"Wie der Bernstein?"

"Nein, anders als der Bernstein. Bernstein ist noch nahe am Lebendigen, weil es Baumharz ist. Edelsteine sind härter und leuchten in allen Farben, wenn das Sonnenlicht darauf fällt..." Das Mädchen sprang auf. "Oh ja, ich muss dich etwas fragen! Weißt du, ob ich ein Kind der Sonne oder ein Kind des Mondes bin?"

Staubeputtel stieg auf das Podest und ging zu seinem Thron.

"Sonne?" fragte es zögernd, "Mond? Hab ich das mal gekannt?" Es kramte hinter dem Thron ein Fläschchen und einen Lappen hervor. "Sonne, Mond... Mal sehen, was ich finde."

Im Korridor nahm es eine Leiter aus einer dunklen Ecke neben einer Tür und kletterte damit zu einem der Bilder hinauf.

"Sonne, Mond. Mond und Sonne." Es tauchte ein Eckchen des Lappens in die Flasche und rieb rechts unten einen Fleck des Bildes von Staub frei. Ein Stück Gras erschien und ein Gänseblümchen.

"Nein, nein", sagte das Mädchen, "wenn du Sonne und Mond finden willst, musst du oben suchen, am Himmel!"

Staubeputtel kletterte höher und rieb eine Fleck am oberen Bildrand frei. Der Himmel war genauso grau wie der Himmel draußen über dem fahlen Land.

"An grauem Himmel gibt es keine Sonne und keinen Mond", sagte das Mädchen.

"Aber hier ist der Himmel doch immer grau", sagte Staubeputtel. "Er war immer grau und wird immer grau sein."

"Niemals blau? Oder schwarz mit Sternen?"

"Nein. Ich kann mich nicht erinnern. Vielleicht vor langer Zeit..." Staubeputtel stieg von der Leiter und schleppte sie den Korridor entlang. "Ich sehe mal bei den allerersten Bildern nach..."

"Wer hat die Bilder eigentlich gemalt?"

"Ich weiß nicht. Vielleicht ich... Ein paar habe ich gemalt, das weiß ich. Aber die anderen... Wer weiß. Kann sein, dass sie immer schon hier gehangen haben... Oder ob ich sie doch alle gemalt habe?" Staubeputtel schüttelte den Kopf. "Jedenfalls male ich nicht mehr, seit sich das Land nicht mehr verändert. Ach, weißt du eigentlich, wie schön das ist, wenn sich nichts mehr verändert? Es ist so ruhig, so friedlich."

"Du könntest malen, was du mit Edelsteinen gestaltest", sagte das Mädchen, das sich mit Staubeputtels Stagnation nicht abfinden wollte. "Es würde sich nichts von allein verändern, es verändert sich nur das, was du selbst verändern willst. Du kannst dir ganze Landschaften aus bunten Steinen machen und die dann malen."

Staubeputtel nickte und lehnte die Leiter am Ende des Korridors an die Wand.

"Das gefällt mir", sagte es, nahm den Lappen und rieb an einem Bild herum, "Vögelchen aus Edelsteinen, die mich nicht belästigen. Die werde ich malen."

Der Himmel auf dem Bild war wieder grau, und es war der belaubte Ast eines Baumes zu sehen.

"Das ist das allerälteste Bild", sagte Staubeputtel. "Du siehst, es gab hier immer einen grauen Himmel."

"Können wir es nicht noch mal in der Mitte versuchen?"

Staubeputtel wurde zusehends mürrischer. Aber es stellte die Leiter in der Mitte des Korridors auf, kletterte hinauf, rieb - und der Himmel war wieder grau.

"Also", sagte Staubeputtel, "bist du nun zufrieden? Ich muss jetzt bunte Steine suchen, ich kann dir nicht helfen. Geh jetzt. Ich weiß nicht, ob du ein Kind der Sonne oder des Mondes bist, aber ich weiß, dass du mir langsam auf die Nerven fällst. Leb wohl."

Staubeputtel ließ die Leiter stehen, wo sie war und lief den Korridor entlang, dass die Staubwolken flogen. Das Mädchen hustete.

"Leb wohl! Vielen Dank!"

Das Bernsteinmännlein räusperte sich, bevor es sprach, als hätte es auch Staub in der Kehle.

"Nun, Mädchen, haben wir das Glück,
   sind wir auch fahl und blasser,
  zum Anfang kehren wir zurück,
   zu Himmelsblau und Wasser!"

Das Mädchen stand wieder neben dem ausgetrockneten Teich. Der hölzerne Schriftzug "Das fahle Land" war verschwunden. Sie sah an sich herunter und merkte, dass sie wieder entstaubt und sauber war und ihr Kleid wieder mohnblumenrot wie vorher. Sie trug nicht mehr die Spur des fahlen Landes, aber Durst hatte sie noch, großen Durst. Sie lief ein Stück in den Wald zu einer kleinen Quelle, kniete auf dem Waldboden nieder, beugte sich vor und trank. Dabei plumpste der Bernstein ins kalte Wasser.

"Nasses Wasser, Wasser kühl,
nach Staub nun Quell im Wald
doch langsam wird es mir zuviel,
raus will ich, mir ist kalt!"

Das Mädchen zog den Bernstein aus der Quelle. Sie stand auf und wanderte ein bisschen umher, pflückte Waldbeeren und aß sie, während sie dem Wind zuhörte, der in den Bäumen flüsterte.

Das war verzwickt, dachte Anna. Sandra legte nur die grauen Flecken ihres Lebens offen, weil sie sich nicht an mehr erinnern wollte. Aber es gab auch etwas anderes in ihrem Leben, und Anna wusste, wo es zu finden war. Sie deutete auf Sandras Schmuck.

"Wieder selbst gemacht?"

Sandra wurde lebendiger und ihre Stimme klang beinahe lebhaft, als sie von Draht und Kleber, Federn und

Perlchen und sonstigem Firlefanz redete. Dann deutete sie auf Annas Bernsteinanhänger.

"Was ist das? Du siehst aus wie deine Urgroßmutter."

"Das macht nichts", lächelte Anna.

"Man könnte was draus machen, Bernstein lässt sich leicht schneiden. Ist nur die Frage, ob man ihn hinterher auch wieder so perfekt glatt bekommt. Ich weiß nicht, womit die - "

Sandra blickte über Annas Schulter und erstarrte für einen Moment. Er war also wieder mal da. Sandra hatte es nie erwähnt, aber Anna war sich ziemlich sicher, dass sie das Wo und Wann ihrer Treffen nach seinem vermutlichen Erscheinen arrangierte. Er war groß, schwarz gekleidet und immer allein, und weil niemand etwas über ihn wusste, schwirrten in dieser kleinen Stadt Dutzende von Gerüchten herum. Er war irgendetwas am Theater. Er war Schriftsteller. Er war so reich, dass er sich nie einen Beruf würde suchen müssen. Er war in Indien geboren, als seine Mutter dort bei einem Guru lebte. Er kam aus dem sonnigen Florida und sein Vater war Amerikaner. Er war bei einer Tante auf einer Hallig aufgewachsen und seine Eltern waren bei einer Sturmflut umgekommen.

Das alles waren nur Spekulationen, denn er antwortete nie auf persönliche Fragen und es gab niemanden, der ihn wirklich kannte.

Auf Sandra wirkte dieser Nimbus des Geheimnisvollen, der ihn umgab, sehr anziehend. Anna dachte, wenn die Augen wirklich der Spiegel der Seele waren...

Das Mädchen ging wieder zum Wegweiser.
"Das Land der Dämmerung", las sie vor. "Das gastliche Land. Das Land des Löwen. Das geheimnisvolle Land."
Sie überlegte. *Das geheimnisvolle Land.* Das klang doch gut. Geheimnisvoll - das bedeutete doch bestimmt, dass es dort Magie gab und Zauberer; das die Tiere sprechen konnten und dass es hilfreiche Geister gab, die in Wunderlampen oder Blütenknospen wohnten. Konnte gut sein, dass sie einen fliegenden Teppich finden würde oder auf einem Einhorn reiten.
"Ich gehe jetzt ins geheimnisvolle Land", sagte das Mädchen, zog sich das Kleid gerade, steckte ihre Haarspange fest, und hörte nur mit halbem Ohr zu, als das Bernsteinmännlein sprach.
"Geheimnisvolles Land, ach, Kind,
der Wunsch, die Wahl sind dein.
Erst, wenn wir wieder draußen sind,
werd' ich mich mit dir freu'n."

"Huaa!" rief das Mädchen erschreckt, als sie einen Schritt ins geheimnisvolle Land getan hatte und in völliger Dunkelheit stand.
"Huaa... huaa... aa... aa...", klang ein hohles Echo aus dem Dunkel.
Das Mädchen drehte sich um, wollte sofort zurück gehen, doch es gab keinen Eingang, keinen Ausgang, es gab nur Dunkelheit. Sie wagte nicht, einfach in die Dunkelheit hineinzugehen; es könnte Abgründe geben, Monster, Drachen und Vampire; sie sah nichts, und sie fürchtete sich. Sie stöhnte einmal kurz auf; doch als das Stöhnen vom Echo zurückgeworfen wurde, klang das so

schauerlich, dass sie eine Hand auf den Mund legte und still blieb.

Nichts war ihr bisher zugestoßen in diesem Dunkel. Sie lauschte angestrengt und hörte gar nichts. Nur ihren eigenen Atem und das Klopfen ihres Herzens. Sie war dankbar, dass das nicht auch vom Echo zurückgeworfen wurde, denn das wäre wirklich gruselig gewesen.

Sie konnte nicht einfach bis in alle Ewigkeiten hier stehen bleiben, soviel war klar. Sie bückte sich und betastete den Boden. Er war glatt und hart, wie Glas oder Marmor. Es dauerte lange, bis sie sich dazu überwinden konnte, einen Schritt ins dunkle Ungewisse zu machen. Immer schon hatte sie die Geiserbahnen auf der Kirmes gehasst, und dies war schlimmer als Geisterbahnen. Sie unterließ es auch, sich mit dem Bernsteinmännlein zu unterhalten, um sich Mut zu machen, weil sie das schreckliche Echo nicht noch einmal wecken wollte.

Sie tastete sich mit den Zehenspitzen voran und machte einen vorsichtigen Schritt. Nichts passierte. Sie setze den anderen Fuß vor und wieder ging alles gut. Nach ein paar weiteren Schritten wurde sie sicherer. Sie wusste, dass es dumm war, einfach so anzunehmen, es gäbe keine Abgründe und Spalten, in die sie fallen konnte, aber die Gewöhnung sagte ihr, wenn bis jetzt nichts passiert ist, passiert auch weiterhin nichts. Als sie schneller und forscher ausschritt, warf das Echo das Geräusch ihrer Schritte zurück.

Wo ein Echo war, dachte das Mädchen, mussten auch Wände sein oder Berge oder irgendetwas; wo ein Echo war, konnte keine völlige Leere herrschen. Wenn sie nur immer weiter ging, würde sie bestimmt auf etwas stoßen. Und weil es ihr immer langweiliger wurde, begann sie, mit dem Echo, vor dem sie sich so gefürchtet hatte, zu spielen, machte nach je drei Schritten einen Hopser und schnippte mit den Fingern.

Sie ging und ging und wurde immer müder und müder. Doch mitten in der leeren Dunkelheit wollte sie keine Rast machen. Sobald sie stehen blieb und sich nicht mehr auf das Gehen und das Echo konzentrieren konnte, stellte sie sich vor, dass viele grausame, nachtsichtige Augen sie beobachteten und nur darauf warteten, dass sie schlapp machte.

Aber es konnte natürlich auch sein, dass es hier niemanden außer ihr gab. In Wirklichkeit hatte sie bisher in diesem Land noch nichts Schlimmes erlebt. Es war zwar dunkel und hatte ein Echo, aber Abgründe und Monster bestanden bis jetzt nur in ihrer Phantasie. Sie gab zu ihrem Echochor noch ein paar gesummte Töne hinzu und sang schließlich laut einen mindestens vierstimmigen Kanon mit sich selbst. Aber auch das wurde schnell langweilig. Sie versuchte, mit dem Bernsteinmännlein zu reden, aber das gab keine Antwort.

Sie blieb abrupt stehen, als sie glaubte, sie hätte einen Lichtschimmer gesehen. Das Echo ihrer Schritte hallte noch einige Zeit nach und kam dann auch zur Ruhe. Da war tatsächlich ein Lichtschein, ein ganz schwacher Lichtschein halbrechts vor ihr. Ihr erster Gedanke war, darauf zuzulaufen, dann fielen ihr die Abgründe und Monster wieder ein und dass das Land immerhin *das geheimnisvolle Land* hieß und sie überlegte.

Wenn sie dort hin lief, würde sie bestimmt jemanden treffen. Dieser Jemand konnte ihr helfen, er konnte sie aber auch an den Marterpfahl stellen. Vielleicht waren Basare dort, auf denen man Seide, Früchte und bunte Vögel kaufen konnte, oder Paläste mit Springbrunnen und süß duftenden Blumen. Es konnten aber auch

Menschenfresser dort wohnen, mit abgenagten Knochen als Ketten um den Hals und einem großen Topf über dem Feuer, in dem sie ihre Opfer kochten. Aber sie hatte das Gefühl, dass sie etwas finden würde, das weder dem einen noch dem anderen Klischee gerecht wurde. Wenn sie jedoch nicht dorthin ging, würde sie weiter durch die Dunkelheit wandern, bis sie zu müde war, auch nur noch einen Schritt zu tun. Außerdem war ihr langweilig und sie wollte aus diesem Land heraus. Langsam setzte sie sich wieder in Bewegung und ging zögernd auf den Lichtschimmer zu.

Nach einer Weile merkte sie, dass der Boden sich senkte und es leicht bergab ging. Je näher sie dem Licht kam, um so steiler wurde der Abstieg; bald krabbelte sie auf allen Vieren auf dem glasharten Boden, bis sie den Halt verlor und abwärts sauste. Der Boden vor ihr spiegelte schwach das näher kommende Licht und so sah sie, dass es nichts gab, wogegen sie stoßen oder in das sie hineinfallen konnte. Aber sie dachte plötzlich an die Spinnen, die einen Trichter bauten, damit ihre Opfer einfach zu ihr herunterrutschten...

Doch der Boden wurde wieder eben und keine Spinne zeigte sich. Das Mädchen hatte noch so viel Schwung, dass sie ein paar Meter auf der ebenen Fläche weiter glitt, dann blieb sie einem Moment still sitzen und sah sich um. Es war eine Art große, schwarze Schüssel, in der sie saß; rundherum strebten steile Wände nach oben. Die Schüsselwände waren spiegelglatt und sie würde es niemals schaffen, dort wieder hinaufzuklettern.

Über der Mitte dieser Schüssel hing etwas, von dem das Licht ausging; es sah aus wie eine gigantische dunkle Weintraube oder wie ein schwarzes Wespennest. Es war unten schmal und wurde nach oben breiter, man sah kein

Ende, keine Decke, an der es hängen könnte, und das Licht fiel aus kleinen Löchern und Spalten in der Oberfläche dieser Traube.

Das Mädchen stand auf und ging zur Schüsselmitte. Sie würde die Traube niemals erreichen, die hing viel zu hoch. Dann lief sie zum Rand des Bodens und versuchte, zum Schüsselrand empor zu klettern, aber das war unmöglich. Im schwachen Licht ging sie langsam den ganzen Schüsselboden ab, versuchte, irgendetwas zu finden außer schwarzem, glatten Boden, doch sie fand nichts.

Dann fiel ihr etwas auf. Sie hatte nichts gehört, kein Echo ihrer Schritte. Sie klatschte in die Hände und rief: "Hallo!" aber kein Echo antwortete ihr. Mehrmals brüllte sie laut: "Hallo! Ist da jemand?" aber da war niemand. Sie war ganz allein. Sie schloss eine Hand um den Bernstein an ihrem Hals; er war warm und leicht und tröstlich, doch das Bernsteinmännlein schwieg.

"Hast du mir gar nichts zu sagen?" flüsterte das Mädchen traurig. Stille. Das Bernsteinmännlein würde ihr nicht helfen.

Das Mädchen setzte sich auf den Boden. Sie wollte nicht darüber nachdenken, was jetzt mit ihr passieren würde, und versuchte, an andere Dinge zu denken. An den Bären und an ihr Boot. Wäre sie doch nur in ihrem Boot geblieben! Sie wollte gar nichts anderes mehr, als in ihrem Boot im ausgetrockneten Teich sitzen und in Sicherheit sein. Es war so dunkel hier und sie war so müde.

Sie streckte sich auf dem Boden aus und starrte zu dem seltsamen schwarzen Wespennest hinauf. Sie dachte nicht mehr an Monster oder Gefahren, und sie glaubte am Ende zu sein. Ihr fielen die Augen zu. Kurz vor dem

Einschlafen dachte sie daran, dass in manchen Märchen nach dem Aufwachen alles ganz anders war: Goldmarie zum Beispiel erwachte auf einer schönen Wiese. Und so war sie, als sie einschlief, noch einmal voller Hoffnung.

Das Mädchen wachte auf und sah sich vorsichtig um. Sie lag auf dem Boden einer dunklen Schüssel und über ihr hing eine schwarze Traube, ein Wespennest, das durch kleine Risse und Spalten in der Oberfläche schwaches Licht verbreitete. Nichts hatte sich geändert. Sie war am Ende. Auch der kleinste Hoffnungsfunke war erloschen. Sie setzte sich auf. Hier also würde sie zugrunde gehen. Der Bär hatte ihr helfen wollen, aber er hatte sie in den Tod geschickt. Sie erinnerte sich, wie er den Wegweiser gedreht hatte und dann in den Wald getrottet war.

Das Mädchen hob den Kopf. Der Bär hatte den Wegweiser gedreht, und nur dadurch erschienen die verschiedenen Länder auf den hölzernen Pfeilen, die in alle Richtungen wiesen. Vorher war der Wegweiser leer gewesen. Also musste der Bär all diese Länder kennen, in die er sie schicken wollte; er kannte natürlich auch dieses blöde geheimnisvolle Land und würde sie nicht hier hineingehen lassen, wenn es keinen Ausweg gab. Sonst wäre ja die ganze Geschichte völlig sinnlos. Es gab einen Ausweg, sie war bisher nur zu dumm gewesen, ihn zu finden.

Noch einmal suchte das Mädchen sorgfältig den Boden und die Wände der Schüssel ab, die sie nicht erklettern konnte. Sie rief um Hilfe, bis sie stockheiser war. Sie wünschte sich heraus; sie betete; sie rieb den Bernstein, als wäre er eine Wunderlampe; sie murmelte alle Zaubersprüche vor sich hin, an die sie sich erinnern konnte. Nichts half. Am Ende saß sie nur wieder auf dem Boden und starrte vor sich hin. Dann begann sie zu weinen, obwohl sie sich sagte, dass es Unsinn war, sich dadurch zusätzlich zu schwächen.

Der Bär fiel ihr wieder ein. Er war nicht böse und er war nicht grausam, er hatte ihr helfen wollen. "Finde heraus, ob du eine Kind der Sonne oder des Mondes bist."

Das Mädchen hob ihr verweintes Gesicht.

"Bin ich ein Kind der Sonne?" fragte sie laut, "Oder bin ich ein Kind des Mondes?"

Niemand antwortete ihr.

"Natürlich", sagte sie verbittert und legte das Gesicht auf die verschränkten Arme, die auf ihren angezogenen Knien lagen, "wie soll das hier auch jemand wissen? Die Sonne strahlt und wärmt weit über sich selbst hinaus. Hier strahlt und wärmt überhaupt nichts."

Wenn sie den Kopf gehoben hätte, wäre ihr ein schwaches Lichtviereck aufgefallen, das vor ihr in der leeren Luft erschien.

"Und der Mond reflektiert das Sonnenlicht. Er nimmt es auf und strahlt es wieder ab. Hier reflektiert auch so gut wie gar nichts."

Das Lichtviereck wurde heller; man konnte einen hölzernen Wegweiser erkennen, ein Kornfeld, einen Wald und einen ausgetrockneten Teich mit einem Kahn darin.

"Es geht nichts hinein in dieses Land", sagte das Mädchen, "es geht nichts hinaus aus diesem Land. Das Licht von draußen ist ausgeschlossen. Das Licht hier drinnen ist eingeschlossen in dieser Wespennest-Traube.

Die vielen winzigen Löcher sind bestimmt aus Versehen entstanden und werden bald wieder geflickt. Hier kann niemand wissen, ob ich ein Sonnen- oder Mondkind bin, weil hier Sonne und Mond unbekannt sind und nichts ihnen ähnlich ist. Das Geheimnis dieses Landes ist mir völlig wurst."

Das Mädchen schluckte, hob den Kopf und blinzelte.

Da lag ein sonnenbeschienener Ausweg vor ihr! Die Sonne färbte ihren Rock mohnrot und jetzt zauste eine leichte Sommerbrise ihr Haar! Das Mädchen stand auf und stolperte unsicher auf den Wegweiser zu. Wenn alles nur ein Traum war? Wenn sie schließlich wieder an die Schüsselwände stieße?

Doch der Weg knirschte unter ihren Schuhen, die Sonne wärmte sie und der Duft des Kornfeldes stieg ihr in die Nase.

Das Mädchen setzte sich ins Gras und lehnte sich an den Wegweiser. Der hölzerne Pfeil ins geheimnisvolle Land war verschwunden, und weg war auch der Durchgang, durch den sie gekommen war. Gut so, dachte sie und schüttelte sich.

Eine mitleidige Stimme klang von ihrem Hals.

"Mädchen, es war schrecklich dort,
ich ließ nichts von mir hören,
zu schweigen dort an jenem Ort,
musst' ich dem Bären schwören."

"Aber warum war plötzlich der Ausgang da? Ich habe doch gesucht und gesucht..."

"Der Ausgang kam, weil du am End'
hast doch noch klar erkannt,
dass Sonn' und Mond man dort nicht kennt,
in dem geheimnisvollen Land."

"Warum nur heißt es geheimnisvolles Land?" wunderte sich das Mädchen. "Es ist kahl und öde, erschreckend und lebensfeindlich."
"Hast erkannt das Land genau,
weißt, warum es oft gemieden.
Fällst nicht rein auf jede Schau,
und der Bär ist sehr zufrieden."

Das Land des Löwen

Als Anna mittags nach Hause kam, traf sie Herrn Berger, ihren Wohnungsnachbarn, im Treppenhaus. Er war über Mittag zuhause gewesen und ging nun wieder zur Arbeit. Wieder einmal sah er aus, als wenn er an etwas ganz anderes dächte. Anna grüßte mit leiser Stimme, denn genau wie er hasste sie es, aus wichtigen Gedankengängen herausgerissen zu werden. Er lächelte zerstreut, grüßte und war fast schon an ihr vorbei, als ihm plötzlich etwas einfiel.

"Ha!" sagte er und blieb stehen. "Paulinchen ist allein zu Haus! Wie fühlt man sich als Einsiedlerin?"

"Gut, Sir!" salutierte Anna. "Ich fühle mich so... so wichtig."

"Hüterin von Haus und Hof, edle Bewahrerin des heimischen Herdfeuers, durch Verantwortung und Pflicht gehärtet wie ein Schwert unter den Schlägen eines Schmiedehammers... " Er klopfte ihr auf die Schulter. "Gute Einstellung. Weiter so."

Er ging die Treppe hinunter und verließ das Haus.

Das Mädchen stand wieder vor dem Wegweiser. Sie hob schnell den Bernsteinanhänger und sah hinein. Das Männlein lag bequem auf einen Ellenbogen gestützt auf der Seite und blinzelte sie vergnügt an.

"Warum sagst du mir nicht, wohin ich gehen soll?" fragte sie. "Du hast doch auch gewusst, dass ich im geheimnisvollen Land nichts erfahren würde."

"Ob gewusst, ob nicht gewusst,
das ist doch ganz egal,
allein du dich entscheiden musst,
du hast die Qual der Wahl."
"Das weiß ich auch, dass das eine Qual ist", sagte sie patzig. "Dazu brauche ich dich nicht. Wozu brauche ich dich eigentlich?"
Das Männlein überlegte lange, stand auf, zog sein bräunliches Wams glatt, wiegte den Kopf und ging ein paar Schritte hin und her.
"Vielleicht kannst du es mir einfach in Prosa sagen", schlug das Mädchen vor, "wenn du im Moment keinen passenden Reim findest."
"Das will ich nicht, ich sagt' es schon,
es wäre auch nicht richtig.
Erst Reimen gibt den schönen Ton,
der ist im Märchen wichtig."
"Na gut", seufzte das Mädchen. "Ich glaube, nach dem geheimnisvollen Land kann ich nicht ins Land der Dämmerung gehen, hört sich so duster an. Ich gehe ins Land des Löwen. Hoffentlich frisst er mich nicht."
"Er frisst dich nicht, hab keine Angst,
er lässt dich wieder fort.
Und die Gefahr, vor der du bangst,
liegt ganz woanders dort."
"Und wo liegt die Gefahr?" fragte das Mädchen.
Doch das Männlein antwortete nicht, es stand grübelnd da und sagte plötzlich strahlend:
"Ob du mich brauchst, das fragst du dich,
ich kann dir Antwort geben:
Natürlich, denn allein durch mich
lernst du wieder zu leben."

Das Mädchen sah das Männlein mit hochgezogenen Brauen an. Es senkte den Blick, wurde rot und hüstelte verlegen.
"Nun gut, vielleicht nicht nur durch mich,
auch andren ist's zu danken
Bescheidenheit ist es grad nicht,
woran wir Männlein kranken."
"Genau", nickte das Mädchen, "und nun gehen wir ins Land des Löwen. Bist du bereit?"
"Ob ich bereit, mein liebes Kind,
welch Frage ist das bloß?
Wir Männlein nie bereiter sind!
Auf! Achtung, fertig, los!"

"Oh, ist das schön!" flüsterte das Mädchen leise.

Sie stand an einem Waldrand zwischen Bäumen, durch deren Blätter Sonnenstrahlen fielen. Es war die Zeit zwischen Sommer und Herbst, und die Luft schien blau und golden. Eine Hügellandschaft zog sich vor ihren Augen bis zum Horizont hin; sattgrüne Wiesen gab es da, leuchtendgelbe Kornfelder und große Wälder, und dazwischen glitzerte das Sonnenlicht auf dem gewundenen blauen Band eines Flusses. Dies war wirklich ein Märchenland, und zwar eines im Technicolor der fünfziger Jahre.

Das Mädchen wanderte dahin, als schwebte sie. Der Himmel wölbte sich leuchtend über ihr und manchmal segelte ein Wattewölkchen über ihn hin. Ein kleiner silbriger Bach kreuzte plätschernd ihren Weg und sie folgte seinem Lauf aufwärts bis zur Quelle, wo sie niederkniete und trank. Das Wasser schmeckte nach Erde und Sonne und sie fühlte sich getröstet und gestärkt, als sie davon getrunken hatte.

Lange saß sie neben der Quelle. Sie fühlte sich, als wäre sie in einen glücklichen Traum gefallen. Ein leichter Wind strich über sie hin, der nach Blüten duftete. Vertrauensvoll legte sich das Mädchen ins Gras und sah in den Himmel hinauf. Sie versuchte, in den langsam vorbeiziehenden Wolken etwas zu erkennen, eine Ente, ein Haus, einen Berg, bis sie etwas an der Schulter stupste.

Es war ein Reh, das gekommen war, um zu trinken, und sich nun das seltsame Geschöpf, das neben der Quelle ruhte, näher ansehen wollte. Das Mädchen versuchte, das Reh zu streicheln, doch es wich zurück. Dann kam es wieder näher, zupfte an ihrem Kleid, an den Haaren, den Schuhen und knabberte schließlich an dem Bernsteinanhänger herum.

"Das fehlt zum Glück mir gerade noch!
Das Biest, es frisst mich auf!
Hilfe, Mädchen, hilf mir doch!
Lauf, Bestie, hörst du, lauf!"

Das Reh machte einen großen Sprung seitwärts, ganz leicht und leise. Dann lief es in den Wald.

"Oh, jetzt hast du es verjagt", sagte das Mädchen enttäuscht. "Hast du die samtigen Ohren gesehen? Und die großen Augen? Und die feuchte schwarze Nase?"

"Ich bin sehr enttäuscht von dir,
hast mich nicht gerettet.
Dachte, dass dir liegt an mir,
da hätt' ich drauf gewettet."

"Natürlich liegt mir was an dir", sagte das Mädchen. "Aber ich dachte, solange du Gedichte darauf machst,

dass du aufgefressen wirst, kann es so schlimm nicht sein."
    "Du fürchterliche kleine Kröte
      bist ja hundsgemein!
    Dass mich die nächste Bestie töte,
      dann bist du ganz allein!"
"Klar hätte ich dich gerettet", versicherte das Mädchen schnell, "ich würde nicht zulassen, dass dich jemand frisst. Im Stich lassen werde ich dich nicht, das musst du mir glauben!"
    "Also gut, ich glaube dir,
      doch sollten wir jetzt geh'n.
    wir müssen weit, weit fort von hier,
      bis wir den Löwen seh'n."
    Das Mädchen wäre gerne noch geblieben, sie sah nicht ein, dass sie fortgehen sollte. Hier war es schön und friedlich und sie fühlte sich wohl. Aber sie wollte das Bernsteinmännlein nicht schon wieder verärgern und deshalb stand sie gehorsam auf und marschierte los.
    Sie ging hügelauf und hügelab. Manchmal sah sie Menschen auf den Feldern oder ein kleines Gehöft an einem Weiher, doch sie wollte niemanden treffen. Sie hätte fragen müssen, ob sie ein Kind der Sonne oder des Mondes war, oder ob sie jemanden wüssten, der die Antwort darauf kannte. Und sobald ihr eine Antwort gegeben worden war, musste sie das Land des Löwen verlassen - und gerade das wollte sie nicht. So machte sie einen Bogen um die Menschen und bemühte sich, es heimlich zu tun, damit das Bernsteinmännlein nichts merkte.
    "Wird es hier niemals Nacht?" fragte das Mädchen, als sie schon lange gegangen war und es immer noch nicht dunkel wurde.

"Die Zeit hat keine große Macht
über dies Land der Wonne.
Schläft der Löwe, ist es Nacht,
wacht er, scheint die Sonne."
Und als das Mädchen langsam noch einige Stunden weitergegangen war, nahm das Licht tatsächlich ab.
"Der Löwe wird müde", sagte sie, "und ich auch."
Sie suchte sich ein weiches Mooslager im Wald und legte sich hin. Sie wollte noch so lange wach bleiben, bis sie die Sterne sehen konnte und den Mond, doch die Augen fielen ihr zu. Sie steckte den Bernsteinanhänger in ihr Kleid, damit niemand ihn anknabbern konnte, und sie war schon beinahe eingeschlafen, als sie das Bernsteinmännlein sagen hörte:
"Das brauchtest du gar nicht zu tun,
ich fürchte keine Falle,
der Schlaf des Löwen schützt uns nun,
wenn er schläft, schlafen alle."

Das Mädchen sagte nicht mehr "Tag" und "Nacht", sondern "Löwenwacht" und "Löwenschlaf"; sie spazierte vergnügt durch das Land des Löwen, ernährte sich von Früchten, Nüssen und Quellwasser, wovon es überreichlich gab. Beim Löwenschlaf schlief auch sie, auf einer Wiese oder im Wald auf Moos oder Blättern, bei der Löwenwacht ging sie ziellos weiter und freute sich an der schönen Landschaft und den zutraulichen Tieren. Dem Bernsteinmännlein schien das gar nicht zu gefallen, aber noch schwieg es, nur manchmal knurrte es unwillig vor sich hin.

Schließlich glaubte das Mädchen, das Land durch und durch zu kennen. Eine sonnige Löwenwacht folgte der anderen, ein lichter Wald dem anderen, ein fruchtbares Tal dem anderen. Öfter sah sie Menschen, die gleich ihr das Land durchwanderten, einige winkten ihr zu, sie winkte zurück, und jeder ging seiner Wege.

"Was ist das?" fragte das Mädchen, als sie in der Ferne ein leises Grollen hörte. "Der Löwe?"

Sie sah, dass in der Richtung, aus der das Grollen kam, der Himmel nicht mehr blau, sondern dunkelgrau war.

"Ein Gewitter!" wurde ihr klar.

Das Gewitter war weit weg und kam auch nicht näher; schließlich zog es ab, und das Mädchen kümmerte sich nicht weiter darum. Aber irgendwo in ihrem Gedächtnis setzte sich die Erinnerung an das Gewitter fest, weil sie geglaubt hatte, in diesem Land gäbe es so etwas nicht. Im Land des Löwen schien es doch noch Dinge zu geben, die sie nicht erwartete.

Dieser Gedanke tauchte immer öfter auf, und das Mädchen versuchte, ihn zu verscheuchen. selbst wenn es noch viele Dinge zu entdecken gäbe, so war es doch vielleicht besser, nicht zu neugierig zu sein. Ging es ihr denn nicht gut hier? War dies nicht ein sonniges, überreiches Land? Warum sollte sie sich für Gewitter interessieren oder was es sonst noch gab?

Doch weil das Mädchen nun daran glaubte, dass es noch etwas im Land des Löwen gab, dass sie nicht kannte, änderte sich der Weg, den sie ging. Sie sah ungewöhnliche Bäume und ging darauf zu, folgte seltsamen Bachläufen und erstieg bizarr geformte Felsen. Neben den lichten, sonnigen Wäldern gab es andere, die kühl und unheimlich waren.. Neben den silberhellen Flüsschen gab es dunkle Ströme und Wildwasser, die durch felsige Klüfte stürzten. Neben den fruchtbaren Tälern gab es karge Hochebenen, wo einem ein scharfer Wind um die Ohren pfiff.

Dann kamen graue Tage, Nebel, Stille und Regen. Zuerst war das dem Mädchen durchaus recht, nach all den fast grellen Tagen, doch schließlich hoffte sie, durchnässt und frierend, die Sonne würde wieder herauskommen. Langsam besserte sich das Wetter; die Wolkendecke bekam Löcher, durch die Sonnenstrahlen fielen.

Das Mädchen stand auf einer Hochebene, als sie den Löwen zum ersten Male sah. Sie hatte fröstelnd die Arme verschränkt, blinzelte die Tränen weg, die ihr der kalte Wind in die Augen trieb und blickte hinab in eins der wieder sonnigen Täler. Jemand wanderte auf schmalem Weg, wie sie dort gewandert war, doch plötzlich baute sich eine schwarze Wolke über ihm auf, in der Blitze zuckten und Donner rollte. Dann sah sie den Löwen.

Groß und golden stürmte er in langen, kraftvollen Sätzen über das Land, stellte sich drohend vor dem Wanderer auf und brüllte. Das Mädchen wollte entsetzt die Augen schließen, damit sie nicht sah, wie der Löwe den Wanderer zerriss, doch sie konnte es nicht. Sie starrte hinunter in das Tal und bemerkte erleichtert, dass der Löwe den Wanderer nicht zerfleischte, sondern nur mit mächtigen Tatzenhieben vor sich her trieb, bis er, verletzt und zerschunden, plötzlich verschwand. Der Löwe zog sich langsam in den Wald zurück, aus dem er gekommen war. Das Gewitter löste sich nach und nach auf, und das Tal lag so sonnig, golden und friedlich da wie vorher.

"Was hatte der Wanderer dem Löwen denn getan?" fragte das Mädchen leise.

"Mädchen, hast du denn vergessen,

> dies das Land des Löwen ist,
> jeden kann der Löwe fressen,
> der ihm nicht sympathisch ist."

"Meinst du, er würde mich auch so behandeln? Mit Prankenhieben vermöbeln und davonjagen?"

Das Männlein antwortete nicht. Vielleicht fand es keinen Reim, oder der Bär hatte ihm verboten, zu antworten, oder er hatte einfach keine Lust zu reden. Und so gab sich das Mädchen selbst die Antwort: Ja, der Löwe würde auch sie davonjagen, wenn ihm danach war; sie war hier nichts besonderes.

Sie kletterte von der Hochebene hinunter ins Tal, um sich von der Sonne wärmen zu lassen. An der Stelle, an dem der Wanderer verschwunden war, bemerkte sie nichts besonderes, es musste wohl sein persönlicher Ausgang aus dem Land gewesen sein.

Er war schön, der Löwe, fand sie. Er war schön und warm und golden wie das Land, das ihm gehörte. Sie fürchtete und wünschte gleichzeitig, ihm zu begegnen.

Sie wanderte wieder wie früher durch das Land, doch der Gedanke an den Löwen ließ sie nicht mehr los. Schließlich wandte sie sich an das Bernsteinmännlein.

"Wie könnte man den Löwen finden, ich meine, wenn man das wollte?"

"Wenn du den Löwen finden willst - "

"Das habe ich nicht gesagt", unterbrach das Mädchen hastig. "ich meine nur, falls jemand ihn mal finden wollte..."

Das Männlein zögerte mit der Antwort und sagte dann langsam:

> "Wirst den Löwen schon bald sehen,
> doch musst du mutig sein,
> wenn er kommt, darfst du nicht gehen,

darfst weder flieh'n noch schrei'n."

"Ich glaube, das ist schwer"; sagte das Mädchen und dachte an die hochaufgerichtete Gestalt des Löwen, die mit den Tatzen nach dem Wanderer hieb. "Ich bin ein Feigling."

"All dies ist das Löwentier
sollt' er dich verwunden,
durch die gold'ne Wärme hier,
wirst du bald gesunden."

Es sei denn, er haut mich gleich ganz aus dem Land, dachte das Mädchen. Während sie weiterging, versuchte sie löwenartig zu denken. Wenn sie sich ausruhen wollte, ging sie nicht mehr in den Wald und legte sich unter einen Haselnussstrauch, sie suchte sich einen erhöhten Standort, von wo aus sie das Land überblicken konnte. Wenn sie durstig war, ging sie nicht mehr zu den kleinen, überwachsenen Waldquellen, sie trank aus größeren Bächen an flachen Uferstellen, wo ein großer Löwe bequem seinen Durst stillen konnte. Sie wanderte nicht mehr auf den breiten, offenen Talwegen, sondern blieb in der Deckung des Waldrandes.

Immer öfter hatte sie das Gefühl, dass der Löwe kurz vor ihr an einem Ort gewesen war, als sie dort ankam. Sie fand das Wasser eines Baches noch aufgewühlt, sie fand einen verwischten Pfotenabdruck im feuchten Boden des Waldes und ein goldenes Haar in den Zweigen einer Fichte. Dann meldete plötzlich das Bernsteinmännlein:

"Du weit genug gegangen bist
Mädchen, sieh nach oben,
abgelaufen ist die Frist,
der Löwe wird nun toben."

Das Mädchen sah nach oben und bemerkte, dass sich über ihr ein Gewitter zusammenzog. Sie fürchtete sich, aber weil sie nicht weglaufen wollte, setzte sie sich hin, hockte in Blitz und Donner, biss die Zähne zusammen und wartete auf den Löwen. Sie lief nicht weg und sie schrie nicht, als sie ihn herankommen sah.

Der Löwe war groß und prächtig, als er herankam und sich vor ihr aufbaute. Er schien von innen her zu leuchten.

"Warum läufst du nicht weg?" fragte der Löwe, und in seiner Stimme klang alles mit, was dieses Land ausmachte, Wärme und Überfluss, aber auch Düsternis und Gewitter.

"Weil du schneller bist."

Der Löwe sah sie einen Moment lang verdutzt an, als bemerke er sie erst jetzt so richtig. Ein schwaches Lächeln trat in seine Augen und er senkte den Kopf zu ihr herab. Dann plötzlich zuckten seine Ohren und er horchte auf. Das Mädchen hatte nichts gehört, doch der Löwe interessierte sich nicht mehr für sie, er lief in großen Sprüngen davon, jenem Geräusch nach, das nur er gehört hatte.

"Das war es schon?" fragte sie laut. "Also wirklich, ich hatte mir mehr davon versprochen."

Erleichtert, dass sie unversehrt davongekommen war, war sie trotzdem auch schwer enttäuscht. Der Löwe hatte sie nur für einen Moment beachtet und war wieder davongestürmt.

"Hält er mich nicht mal für wert, gefressen zu werden?" maulte sie. Das Bernsteinmännlein kicherte.

"Er weiß noch nicht wie zart du bist,
drum fühlst du dich erniedrigt.
Erst wenn er's weiß und dich dann frisst,
ist wohl dein Stolz befriedigt."

"Er soll mich ja gar nicht fressen", sagte sie und fügte im Stillen hinzu: nur beachten! "Und dann, schließlich", setzte sie triumphierend hinzu, "muss ich doch noch fragen, ob ich ein Kind der Sonne oder des Mondes bin."

Das war ihr gerade erst eingefallen. Sie hatte überhaupt nicht vorgehabt, in diesem Land jemanden danach zu fragen, weil sie keine Lust hatte, das Land wieder zu verlassen.

"Ich werde den Löwen nicht noch mal suchen", sagte sie trotzig und stand auf, "ich mach mich doch nicht zum Affen."

"Neue Suche nichts ergibt,
tu nie was wie vorher,
würd' nicht mehr kommen, denn er liebt
die Abwechslung viel mehr."

Das Mädchen antwortete nicht, sie tat so, als hörte sie gar nicht zu.

"Musst ihm was zu grübeln geben,
langweilig sind ihm Leute,
die stets dasselbe tun im Leben
morgen, gestern, heute."

"Das interessiert mich nicht", log sie. "Ich werde jetzt nur noch das tun, was ich will. Ist mir doch egal, was der Löwe macht."

Das Mädchen ging wieder durch das Land, aber es war nicht mehr dasselbe. Sie fühlte immer öfter eine nagende Unzufriedenheit. Es fiel ihr auch auf, dass sie schon lange keine Häuser und keine Menschen mehr gesehen hatte.

"Warum treffe ich keine Menschen mehr?" fragte sie.

"Bist zu weit, zu tief im Land,
den Platz wirst du bald sehen,
der den andren unbekannt,
die dort draußen gehen."

Das Mädchen stieg einen Hügel hinauf und fand dort oben eine fast kreisrunde Lichtung. Hohe Bäume umstanden eine Wiese mit weichem grünen Gras. Auf der Lichtung lag ein alter Baumstamm, der so dick war, dass er ihr fast bis an die Schultern reichte. Die Lichtung gefiel ihr und sie wollte eine Weile bleiben. In den Ästen der Bäume zwitscherten Vögel und Kaninchen tollten auf der Wiese herum. Es wurde dunkler und ein Löwenschlaf war nahe. Sie legte sich ins Gras. Dieser Baumstamm, dachte sie, doch dann schlief sie schon.

Als die Löwenwacht begann und es hell wurde, ging das Mädchen zuerst zu dem kleinen Bach am Fuße des Hügels, trank und wusch sich. Sie wusste, dass sie von der Lichtung und dem Baumstamm geträumt hatte, konnte sich aber nicht mehr an den Traum erinnern. Sie pflückte und aß Beeren und Nüsse, ging langsam zur Lichtung zurück um dem Baumstamm genau zu betrachten. Die Rinde war ganz locker, bröckelte unter ihren Händen ab und fiel ins Gras. Sie machte sich daran, die Rinde großflächig vom Baumstamm abzuschälen. Sie wusste noch nicht genau, warum sie das tat und befürchtete, dass das Bernsteinmännlein sie danach fragen würde, doch es blieb ganz still und schien zufrieden mit ihr.

Es war eine lange, harte Arbeit, den Stamm größtenteils von der Rinde zu befreien. Viele Löwenwachten schuftete sie, bis sie fertig war. Sie war ganz schmutzig und zerkratzt, aber der Stamm war jetzt glatt und schön. Sie sammelte alle Rindenstücke auf, die auf der Wiese herumlagen und warf sie in den Wald. Dann hockte sie sich ins Gras und betrachtete den Stamm.

"Dies ist mein Platz", sagte sie leise. "Dies ist mein kleiner Platz im Land des Löwen."

Sie spürte den Wunsch, dass dieser Platz noch ihr Platz sein möge, wenn sie das Land schon lange verlassen hatte. Und vielleicht würde der Löwe irgendwann hierher kommen und sich wundern und sich an sie erinnern.

Aus dem Bachbett holte sie sich verschieden große spitze Steine und einen handlichen Stein, den sie als Hammer benutzen konnte. Sie kniete sich ins Gras vor den dicken Stamm, tastete das Holz ab und versuchte, ein reliefartiges Bild hineinzumeißeln, aber das war viel schwerer, als sie gedacht hatte. Stundenlang mühte sie sich ab, bis sie verzweifelt ihre wunden Hände ansah und aufgeben wollte. Doch nach einer Weile raffte sie sich wieder auf und machte weiter. Während sie arbeitete, lernte sie langsam, besser mit den Steinen umzugehen und nicht gegen das Holz zu arbeiten, sondern mit ihm.

In mehreren Löwenwachten entstand ein Bild nach dem anderen, und mit wachsender Erfahrung und Übung wurden sie besser und besser. Das erste Bild zeigte den ausgetrockneten Teich und ihren Kahn. Das zweite den Bären vor dem Wegweiser. Das dritte die Burg im fahlen Land. Das vierte die hängende Wespennesttraube aus dem geheimnisvollen Land.

Als sie das fünfte Bild begann, das den Löwen zeigen sollte, sah sie aus dem Augenwinkel etwas Goldenes hinter den Büschen am Rande der Lichtung schimmern. Sie drehte sich nicht um, sie arbeitete weiter, wenn auch mit einem mulmigen Gefühl im Bauch. Die Hochebene sollte es werden, von der aus sie den Löwen zuerst gesehen hatte, nur dass nicht sie dort oben stand, sondern der Löwe dasaß und auf sein Land hinunterblickte.

Sie brauchte lange für dieses Bild. Sie ließ sich Zeit, sie wollte es gut machen, und es war das letzte Bild, das wusste sie genau. Wenn sie ihre Arbeit unterbrach, sich streckte, ein bisschen herumlief, die Hände im Wasser kühlte oder Beeren sammelte, sah sie oft irgendwo den Löwen, der sie beobachtete. Sie tat so, als sähe sie ihn nicht; sie wollte, dass er vor Neugier platzte und nicht wieder so tat, als wäre sie völlig uninteressant für ihn.

Als sie den letzten Hammerschlag getan hatte und die Steine aus der Hand legte, stand der Löwe neben ihr. Er ging langsam an den Bildern entlang und betrachtete sie. Das Mädchen schwieg. Sie fühlte sich ganz ruhig und sehr erschöpft. Und dann dachte sie plötzlich, dass etwas falsch war, absonderlich, aber sie kam nicht darauf, was das sein könnte.

Der Löwe kam zu ihr zurück und setzte sich neben sie. Er wirkte noch wärmer und goldener als sonst, und mit einem Male wusste sie, was falsch und absonderlich war. Um die Lichtung hatte sich dichter grauer Nebel zusammengezogen, alle Farben sahen matter aus und blasser, nur der Löwe brauchte kein Sonnenlicht, um golden zu glühen.

Das Mädchen starrte stumm und traurig in den Nebel.

"Hab keine Angst", sagte der Löwe. "Es ist schon richtig so."

Der Nebel schloss sich immer dichter um das Mädchen und den Löwen. Sie sah ihn an, wie er einfach dasaß und spürte, dass er an etwas ganz anderes dachte. Bald würde er das Interesse an ihr verlieren und fortgehen, und sie wäre wieder allein. Sie war müde und der Nebel legte sich fein und kühl auf ihr Gesicht. Als sie merkte, dass der Löwe unruhig wurde, holte sie tief Luft und stellte die Frage, um die sie sich bis jetzt gedrückt hatte.

"Weißt du, ob ich ein Kind der Sonne oder ein Kind des Mondes bin?"

Der Löwe sah sie lange an.

"Überlege", sagte er dann. "Was bin ich?"

"Ein Kind der Sonne", antwortete sie prompt.

"Genau", sagte er. "Wenn du das herausgefunden hast, wirst du auch herausfinden, was du bist. Du musst nur dein Land besuchen."

"Ich kenne mein Land nicht", seufzte das Mädchen.

"Du wirst es finden", sagte der Löwe.

Sie wollte ihn fragen, ob sie nicht einfach hier bleiben konnte, brachte es aber nicht heraus. Er hatte ein Land, das sie besuchen konnte. Er wusste bereits, dass er ein Sonnenkind war. Sie war landlos und unwissend. Es wäre nicht richtig, jetzt hier zu bleiben. Sie musste zuerst ihr eigenes Land finden, um nicht im Nachteil zu sein.

Der Nebel wurde immer dichter. Das Mädchen wollte nach dem Löwen greifen, doch er war nicht mehr da. Alles verschwamm vor ihren Augen.

"Mädchen, das war höchste Zeit,
weißt nichts von der Gefahr,
weil du zur Frage nicht bereit,
der Nebel hungrig war."

"Wie meinst du das?" fragte das Mädchen und legte die Hand um den Bernsteinanhänger, den sie nicht mehr sehen konnte, so dicht war der Nebel geworden.

"Hättest du dich nicht zur Frage
doch noch durchgerungen,
hätte, da hilft keine Klage,
der Nebel dich verschlungen."

Aber es schien, als hätte der Nebel sie trotzdem verschlungen, bis er langsam dünner wurde und eine bekannte Landschaft auftauchte.

"Ich mag nicht mehr", sagte das Mädchen, als sie wieder vor dem Wegweiser stand. "Ich mag einfach nicht mehr."

Sie ging zu ihrem Boot im ausgetrockneten Teich, legte sich hinein und drehte sich zur Seite, dass sie nur noch die Holzplanken der Seitenwand sah.

An ihrem Hals wisperte es:
"Wie trotzig du mal wieder bist,
du dummes kleines Balg,
was weißt du, was ein Löwe ist,
nur Knochen, Fell und Talg."

"Und du bist natürlich was Besseres", das Mädchen war wütend. "Lass mich in Ruhe und halt die Klappe."

Lange lag sie einfach im Boot und dachte an das Land des Löwen, das sie verlassen musste.

"Ob ich irgendwann mal dahin zurückgehen kann?" fragte sie schließlich zaghaft.

"Sie spricht mit mir, ist das nicht schön,
und schreit mich gar nicht an:
komm nun und lass uns endlich geh'n,
damit nicht Zeit vertan!"

"Das ist auch keine Antwort", brummte das Mädchen, stand aber auf und krabbelte aus dem Boot. Sie hörte die spöttische Stimme des Bernsteinmännleins:

"Wirst es schon wiederseh'n, das Land,
mach dir da keine Sorgen,
bist nicht für immer draus verbannt,

nein, nur bis Übermorgen."

"Übermorgen?" fragte das Mädchen. "Ist das nur, weil es sich auf 'Sorgen' reimt?"

"Du traust mir überhaupt nichts zu,
mich immer nur anbellst,
deswegen halte ich jetzt Ruh',
bis du mir Fragen stellst."

"Ich belle dich nicht an", begann das Mädchen, doch dann fiel ihr ein, dass das *anbellst* nur dazu da war, um sich auf *stellst* zu reimen. Sie seufzte. "Also gut. Entschuldige."

Das Männlein schwieg.

"Eingeschnappt", murmelte das Mädchen. "Auch recht... "

Das gastliche Land

Anna schloss die Wohnungstür auf, ging geradewegs ins Wohnzimmer, warf Tasche und Jacke auf die Couch, nahm das Bärchen vorsichtig in beide Hände und ging über den Flur zu Bergers, die nebenan wohnten. Mit dem Ellbogen drückte sie zweimal auf die Klingel, dann einmal, und wieder zweimal. Frau Berger bestand auf vorher ausgemachten Klingelzeichen, damit sie wusste, wer da vor der Tür stand, und nicht jedem aufmachen musste.

Die Tür wurde geöffnet und Anna trug den Bären in die Küche und stellte ihn dort auf den Tisch.

"Den hat mir meine Schwester geschickt."

Vera Berger, rundlich und beweglich, kreiste um den Küchentisch, um den kleinen Bären von allen Seiten zu betrachten.

"Ist der aber schön!" sagte sie begeistert. Sie legte die weichgepolsterten Hände um den Bären, ohne ihn anzuheben. "Er fühlt sich gut an."

Sie setzte sich und winkte auch Anna auf einen Küchenstuhl. Sie nahm zwei Orangen aus der Obstschale und reichte Anna eine davon. Als sie die Orangen schälten, begann es in der Küche sonnig und süß zu duften.

"Muss ich dich jetzt fragen, wie dein Tag war?"

"Nö", sagte Anna und leckte sich den Orangensaft von den Fingern, "alles im grünen Bereich."

"Willst du hier essen? Ich habe soviel gekauft, dass wir uns wochenlang davon ernähren können. Dann brauchst du nicht für dich alleine kochen."

"Aber eigentlich möchte ich gerade das: für mich ganz alleine kochen. Mal sehen, was dabei herauskommt."
"Kann ich verstehen. Es ist ja jetzt für ein paar Tage so, als hättest du eine Wohnung für dich allein."
Anna nahm ihr Bärchen vom Tisch und stand auf.
"Dann werde ich mir jetzt was kochen."
"Und heute Nachmittag kommst du zum Teetrinken. Fünf Uhr."
"Ja, gerne, vielen Dank."

"Das Land der Dämmerung", las das Mädchen am Wegweiser, "das gastliche Land. Wir gehen ins gastliche Land. Ins Schlaraffenland, wo Milch und Honig fließen! Ich will mich mal so richtig verwöhnen lassen!"
Sie wartete nicht ab, was das Bernsteinmännlein darauf zu sagen hatte, sondern folgte geradenwegs dem Pfeil, der ins gastliche Land wies.

Das Mädchen stand vor einer hohen und sehr dichten Hecke, die sich nach rechts und links ausdehnte, soweit man sehen konnte. Nur war die Hecke nicht grün, sondern purpurrot. Das Mädchen blinzelte, weil sie ihren Augen nicht traute, aber die Hecke wurde nicht grün. Als sie einen Schritt nach vorn ging, wich die Hecke zurück, und erschrocken blieb das Mädchen stehen. Dann ging sie noch zwei Schritte vor, und die Hecke wich wieder zurück. Es war schon ein richtiger Bogen in der sonst so schnurgeraden Hecke entstanden. Das Mädchen ging weiter und der Bogen wurde größer; dann verdichtete sich die Hecke noch mehr und blieb an ihrem Platz. Sie wich keinen Zentimeter mehr.

"Komisch", sagte das Mädchen.

Sie ging zur Seite und dort wich die Hecke, bis sie sich wieder drohend verdichtete und unverrückbar jedes Weiterkommen blockierte. Das Mädchen ging zurück und die Hecke folgte ihr. Schließlich stand sie wieder vor der wie vorher schnurgeraden Hecke, die sich unendlich weit nach rechts und links zog.

"Muss ich jetzt hundert Jahre warten, bis ich durch die Hecke komme?" fragte das Mädchen. "Wie das bei Dornröschen war?"

"Brauchst du nicht, wenn klug du bist,
versteshst du, was ich meine?
Das Land weiß nicht, *wer* draußen ist,
es ist auch gern alleine."

Das Mädchen stellte sich auf die Zehenspitzen und winkte.

"Hallo, Land!" rief sie. "Ich bin es! Siehst du, ich bin es doch nur! Keine Gefahr! Ich kenne den Bären, ich bin dem Wegweiser gefolgt! Ich muss dich etwas fragen! Lass mich bitte herein!"

Nach einer Weile öffnete sich raschelnd eine Bresche in der Hecke, das Mädchen ging hindurch, und die Bresche schloss sich wieder.

Das gastliche Land breitete sich offen und fremdartig vor ihren erstaunten Augen aus. Es glich einem großen Park mit Blumenrabatten, weiten Rasenflächen und einzelnen Baumgruppen und Büschen. Nur, dass die einzigen Farben, die es hier gab, Lila, Violett, Purpur und Pflaumenblau in allen Schattierungen waren. Selbst der Himmel war nicht blau, sondern fliederfarben. Die sich schlängelnden Wege waren mir helllila Kies bestreut oder bestanden nur aus großen Platten, die auf den Rasen gelegt waren. An Plätzen mit besonders schönem Ausblick standen weiße Bänke, auf denen man sich ausruhen konnte, und all das beschien eine milde Sonne und ein lauer Wind wehte. Das mohnrote Kleid des Mädchens bildete einen komischen Kontrast zu dem Land, manchmal passte es ganz gut, oft aber bissen sich die Farben so entsetzlich, dass man gar nicht hinsehen mochte.

Das Mädchen wanderte auf den Kieswegen ins Tal hinunter. Zuerst war sie über den Rasen gelaufen, er war weich, dicht und federnd wie ein dick gestopftes Plüschsofa, doch als sie eine Weile dort gegangen war, spürte sie, wie ihre Beine müde wurden. Unter dem violetten Rasen gab es keine feste Erde, sie sank bei jedem Schritt tief ein und das Gehen war anstrengend. Deshalb ging sie auf dem Kiesweg.

Während sie so dahinspazierte, wurde sie immer hungriger. Sie hielt eifrig Ausschau nach Obst- und Nussbäumen, nach Beerensträuchern, aber all das gab es nicht.

"Ich habe Hunger", sagte das Mädchen, in der vagen Hoffnung, dass das Land ihr etwas zu Essen auftischen würde, wenn sie einfach nur den Wunsch äußerte. Aber nur das Bernsteinmännlein antwortete ihr:

"Hungrig geht hier niemand fort,
musst nur nach Essen suchen
füttern betreibt dies Land als Sport,
gibt Pudding, Saft und Kuchen."

"Ein paar Äpfel, nach denen ich nicht suchen muss, wären erst mal völlig okay."

Sie setzte sich auf eine weiße Bank und ruhte sich ein bisschen aus. Ganz hinten am Horizont lief ein schmaler, dunkelvioletter Faden durch das Land und dahinter wehte es im Sonnenlicht wie ein Haferfeld - natürlich in lila. Oder war das Wasser? Wenn das ein Fluss oder See war, konnte sie wenigstens trinken. nach einer Weile stand sie auf und ging weiter.

"Das Land erinnerst mich an etwas", murmelte sie, "aber ich komm nicht drauf, an was."

Erst als sie an einem weißen Springbrunnen vorbeikam, der in purpurnen Blumenrabatten stand, fiel es ihr ein.

"Ein Kurpark! Hier ist alles wie in einem lila Kurpark!"

Und als wäre das ihr Stichwort gewesen, schritten zwei Pfauen über den Weg. Mit ihren Krönchen sahen sie wie Prinzen aus und der dicke Federschwanz schleppte hinter ihnen her. Sie taten dem Mädchen nicht den Gefallen, ein Rad zu schlagen, sondern stolzierten weiter über den Rasen.

Der dunkle Faden, den das Mädchen am Horizont gesehen hatte, wurde, als sie ihm näher kam, zu einer Wand aus dichtem lila Schilf. Das Schilf war so hoch gewachsen, dass sie nicht darüber hinweg sehen konnte, aber sie war sicher, dass dahinter das wehende Feld oder das Wasser sein musste, das sie von weitem gesehen hatte. Wieder einmal sah sie nach rechts und nach links, sah kein Ende des Schilfes und wusste nicht, was sie tun sollte. Schließlich ging sie am Schilf entlang und versuchte, an etwas anderes zu denken als an ihren Hunger.

Hier gab es keinen Kiesweg und so sank sie bei jedem Schritt tief in den Federkissenboden ein, bis sie so müde war, dass sie sich einfach auf den Rasen fallen ließ und bald einschlief. Sie schlief wunderbar und träumte, dass sie versorgt und verwöhnt wurde; jemand wiegte sie und summte ihr ein altes Lied vor. Als sie erwachte, hatte sie keine Lust, aufzustehen und weiterzugehen, sie wollte nur in den Traum zurück. Doch das war nicht möglich.

Also rappelte sie sich auf und ging weiter am Schilf entlang. Sie gähnte und war müde und zufrieden. Ihr Kopf war so schwer, dass sie nicht nach vorn sehen konnte; sie sah nur auf ihre Füße und war überrascht, als sie plötzlich vor einem Steg stand, der in das Schilf hineinführte.

Der Steg war aus dem violetten Holz eines der Bäume in diesem Land gemacht, und gerade, wo der Schilfgürtel begann, fehlten zwei Bretter, sodass das Schilf durch die Lücke gewachsen war und den Steg versperrte.

Das Mädchen kletterte auf den Steg und sprang in die Höhe, doch sie konnte nicht sehen, wohin er führte. Sie versuchte, das Schilf auseinander zu biegen, doch es war zu dicht und zu stark und widerstand ihr. Als sie einen Schritt zurück trat, stolperte sie über etwas, das hinter ihr auf den Brettern lag. Sie drehte sich um. Es war eine lila Rohrflöte und ein großes Messer mit - na klar! - violettem, kunstvoll geschnitzten Holzgriff. Sie war sich sicher, dass die Sachen noch nicht dort gelegen hatten, als sie auf den Steg geklettert war.

Mit dem Messer in der Hand ging das Mädchen auf das Schilf zu. Sie wollte einen Weg hindurch schneiden, doch als sie ein Büschel Binsen gefasst hatte und das Messer ansetzen wollte, sah sie, dass im dichten Schilf fliederfarbene Vögel ihre Nester gebaut hatten, dass dort dunkle Iris blühte und zarte glasflügelige Libellen umherschwirrten.

"Ich kann das nicht zerstören", murmelte sie und ließ das Messer sinken. Ihr fiel ein, dass die Hecke sie durchgelassen hatte, als das gastliche Land wusste, wer sie war, und sie versuchte, auch mit dem Schilf zu reden, aber es veränderte sich nichts.

Sie legte das Messer zurück auf den Steg, nahm die lila Flöte und sprang in das weiche Daunenkissenland hinunter. Sie setzte sich auf den Rasen, sah, wie sich das Schilf im Wind bewegte und hörte zu, wie die Blätter raschelten. Die kleinen Vögel piepsten und sangen, brombeerrote Hummeln brummten herum. Das Mädchen setzte die Flöte an die Lippen, blies zart hinein und ein Ton erklang. Sie versuchte, eine kleine Melodie zu spielen, aber obwohl sie es nach einer Weile schaffte, war sie unzufrieden. Die Melodie klang nicht richtig. Sie probierte etwas anderes aus, und wieder klang es zwar schön, aber nicht passend.

"Ich hab's!" sagte das Mädchen laut. "Ich stamme aus einem Land, in dem Schilf und Gras grün sind. Die Melodie ist zu grün!"

Sie nahm den Bernsteinanhänger hoch und sah hinein, doch das Männlein lag auf dem Rücken, hatte alle Viere weit von sich gestreckt und schlief.

Das Mädchen nahm die Flöte hoch und versuchte es noch einmal. Die Melodie klang schon richtiger, zumindest war sie jetzt eher blau als grün. Beim nächsten Mal klang sie rein dunkelblau, dann schon violett, aber es war noch nicht genug rot darin. Das Mädchen war außer Puste, als sie endlich die richtige lila Melodie fand. Sie spielte sie ein paar Mal ganz leise, legte die Flöte dann neben sich, rollte sich auf dem Rasen zusammen und schlief ein. Dieses Land machte müde, dachte sie noch.

Dieses Mal war der Schlaf anders. Sie fühlte sich immer noch umsorgt und verwöhnt, doch das Land war so weich, dass es ihr keinen Halt gab und keine Stütze. Sie träumte, dass das Land in seiner überquellenden, liebevollen Weichheit über ihr zusammenschlug und sie erstickte. Um sich schlagend und nach Luft schnappend wurde sie wach; ihr Rücken tat weh und sie hatte Kopfschmerzen.

Als sie sich umsah, bemerkte sie, dass das Schilf in der Mitte des Steges verschwunden war, und der Steg war heil und ganz, als ob ihm nie zwei Bretter gefehlt hätten. Er führte über ein Meer von kleinsten Blüten zu einer Insel hinüber, auf der ein kleines Haus stand.

"Warum ist auf einmal der Weg frei?"

"Der nur darf die Schritte lenken
zu dem Gasthaus drüben hin,
der, wer könnt's dem Land verdenken
bewies ihm seinen sanften Sinn."

"Ach, weil ich das Schilf nicht mit dem Messer abgeschnitten habe? Aber da ist doch noch nichts passiert. Erst als ich Flöte gespielt habe..."

"Gefühl hat dich durchs Schilf geführt,
gefunden war die Melodie.
Hattest des Landes Klang erspürt,
du bist darin wohl ein Genie!"

Das Mädchen ging langsam über den Steg. Unter ihr bildeten winzige Blüten ein wogendes Meer aus grobem lila Staub, und sie dachte, dass wohl jeder ersticken würde, der dort hineinfiele. Sie ging vorsichtig zu der Insel hinüber.

Das kleine Haus lag einladend im Sonnenschein, an jedem Fenster quollen lila Blumen aus violetten Kästen und die Haustür stand weit offen. Das Mädchen ging zaghaft hinein. Dies sei ein richtiges Gasthaus, hatte das Bernsteinmännlein gesagt, also bekäme sie hier endlich etwas zu essen.

Das ganze Haus bestand aus einem einzigen großen Zimmer, und es war sehr dämmrig wegen der üppig wuchernden Blumen vor den Fenstern. In der Mitte des Raumes stand ein großer, gedeckter Tisch. Auf dem feinen weißen Tischtuch standen Blaubeer- und Pflaumenkuchen, Rhabarberkompott, Brombeerpudding und Rote Grütze, dunkle kandierte Kirschen und Johannisbeersaft. Dem Mädchen lief das Wasser im Mund zusammen, aber sie traute sich nicht, etwas von den leckeren Sachen zu nehmen, weil sie nicht wusste, ob das erlaubt war.

"Du weißt, wie dieser Fleck genannt,
gastlich ist er gewiss,
füttern will dich jetzt das Land,
drum greife zu und iss!"

"Also gut, auf deine Verantwortung!"

Und sie aß so viel Pflaumenkuchen, Rhabarber und Kirschen, bis sie dachte, sie würde platzen. Sie trank von dem Johannisbeersaft und ging dann im Zimmer umher, betrachtete die lila Möbel mit den weißen Zierdeckchen. Es gab keine Bilder an den Wänden, nur einen großen Spiegel. Das Mädchen sah hinein und erstarrte. Der Spiegel warf ihr Bild zurück, aber dort trug sie nicht ihr rotes Kleid, sie hatte einen rautenförmig gemusterten bunten Anzug an, er war weiß, rot, grün, blau, schwarz und gelb, und sie trug eine weiße Maske vor den Augen. Im Spiegel war sie ein Harlekin. Sie machte eine Verbeugung und hüpfte ein bisschen hin und her. Der Harlekin tat dasselbe. Dann fiel ihr etwas auf.

"Warum bist du nicht im Spiegel?" fragte sie das Bernsteinmännlein, "Ich kann dich jedenfalls nirgendwo entdecken."

"Das ist nun einmal jener Preis

für einen starken Sinn,
weil ich schon lange sicher weiß,
wer und was ich bin."
"Und wenn ich sicher wüsste, was ich bin, wäre ich dann auch nicht mehr im Spiegel?"
"Der Spiegel dort kann zeigen nur
von dir ein kleines Stück,
er ist nicht stets auf deiner Spur,
bleibt hinter dir zurück."
"Das versteh' ich nicht", brummte das Mädchen schlecht gelaunt. Sie gähnte, denn sie war schon wieder müde, und der Harlekin im Spiegel gähnte mit ihr.
"Was ist das nur in diesem Land? Immer bin ich müde."
Sie sah sich nach einem Platz um, an dem sie schlafen konnte und fand in einer dunklen Ecke ein weiches Plüschsofa. Sie legte sich hin, faltete die Hände über ihrem Bauch, der voll von Kuchen und Pudding war, und versuchte zu schlafen. Aber immer wieder zwickte und piekste es in ihr, sie atmete schwer und bekam einen Schluckauf, und als sie endlich eingeschlafen war, träumte sie, dass das gastliche Land sie mit zuckertriefenden, klebrigen Süßigkeiten fütterte. Sie musste essen und essen, und als sie einfach den Mund nicht mehr aufmachte, türmten sich die Sachen um sie herum. Puderzuckerschnee und Holunderbeersaftregen fielen und verbanden sich zu lila Zuckerguss, der an ihr haftete; in ihren Haaren, auf ihrem Kleid, in ihrem Gesicht.
Das Mädchen erwachte davon, dass sie sich selbst jammern hörte: "Ich will ein Glas Wasser! Ich will ein Käsebrot! Ich will eine saure Gurke!"

"Das alles hab ich nicht, meine Kleine", summte es an ihrem Ohr. "Das ist auch nicht gut. Gut ist, was weich ist und süß."

Das Mädchen sprang auf. Das, worauf sie geschlafen hatte, war kein bequemes Sofa, sondern ein lila weiches Pludergeschöpf mit großen, dunklen Augen. Sie hatte die untergeschlagenen Beine für einen Sofasitz gehalten und die Arme für die Lehnen.

"Wer bist du?" fragte das Mädchen.

"Boobuu", sagte das Wesen.

"Gehört dir dieses Land?"

Boobuu hob abwehrend die Hände.

"Das will ich nicht wissen!"

"Warum nicht?"

"Darüber will ich nicht nachdenken!"

Boobuu nickte ihr zu:

"Komm, kleines Mädchen, setz dich doch wieder. ich werde dich wiegen und du kannst noch Blaubeerkuchen essen."

"Danke", sagte das Mädchen hastig, "vielen Dank, aber ich möchte keinen Kuchen mehr."

Sie fühlte sich, als ob sie in ihrem ganzen Leben keinen Kuchen mehr essen könnte.

"Boobuu, was ist mit diesem Spiegel los?" fragte sie, trat vor das Glas und erwartete, den Harlekin zu sehen - aber er war nicht da. Diesmal war sie eine Meeresnixe. Ihr Haar und ihr blaugrünes Kleid wogten, als wäre sie unter Wasser. In der Hand hielt sie einen Kelch, aus dem Wasser zu strömen schien. das Mädchen wollte aus dem Kelch trinken, sie war so entsetzlich durstig - sie hob die Hand, doch ihre Hand vor dem Spiegel war leer. Es gab keinen Kelch. Enttäuscht ließ sie den Arm wieder sinken.

"Der Spiegel", überlegte Boobuu "ich weiß nicht, was mit ihm los ist. Ich will es auch nicht wissen. Er zeigt mir schöne Bilder, jedes Mal ein anderes."
"Wenn du spürst, wie groß du bist,
   es alles selbst erlebst,
   sobald du weißt, was in dir ist,
   es fest mit dir verwebst -"
"Nein", jammerte Boobuu ängstlich und hielt sich die plüschigen Hände auf die Ohren, "nein, hör auf, das darf man nicht wissen, man macht sich nur unglücklich damit!"

"Hör lieber auf", raunte das Mädchen leise dem Bernsteinmännlein zu. "Ich glaube, ich habe auch so ein bisschen davon verstanden."

Sie war diese Meeresnixe, sie war der Harlekin und sie war alle anderen Bilder, die ihr der Spiegel noch zeigen würde. Sie war so viel und so Verschiedenartiges, dass der Spiegel immer nur eines auf einmal zeigen konnte.

"Manchmal ist der Spiegel böse", flüsterte Boobuu, "dann zeigt er ein schlimmes Bild von mir."

Das Mädchen überlegte, welches Bild der Spiegel zeigen würde, wenn er ihre Wut spiegelte, ihre Boshaftigkeit oder ihren Jähzorn. Schön wären diese Bilder bestimmt nicht. Plötzlich kam ihr ein Gedanke.

"Könnte der Spiegel mir zeigen, ob ich ein Sonnen- oder Mondkind bin?" fragte sie Boobuu. "Oder kannst du es mir sagen? Weißt du, ob du ein Kind der Sonne oder des Mondes bist?"

Boobuu schlang die Arme um sich und wiegte sich hin und her. Die Augen waren fest geschlossen.

"Hast du überhaupt zugehört?" fragte das Mädchen.

"Auf Fragen, wie du sie grad' gestellt,
   war Boobuu noch nie begierig,

denn dies ist eine weiche Welt,
denken ist hier zu schwierig."

Das Mädchen ging zu Boobuu hinüber, kniete sich auf den Boden und streichelte das weiche Plüschgesicht. Die großen Augen öffneten sich.

"Ich kann's dir nicht sagen, ich weiß es nicht", sagte Boobuu, "darüber darf man nicht nachdenken. Es ist zu schwer. Nichts darf schwer sein, nichts darf hart sein. Ich kann dich wiegen. Ich kann dich füttern. Ich kann dir nicht antworten."

"Du hast mir Wärme und Kuchen gegeben", sagte das Mädchen, "und ich sage nicht einmal danke, sondern quäle dich mit Fragen. Es tut mir leid, aber ich musste das tun."

"Ja", Boobuu lächelte, "das musstest du wohl tun. Und nun musst du gehen, ich bin müde." Die großen Augen blinzelten und schlossen sich verschlafen. "Du kannst noch von dem Kuchen essen, wenn du magst."

Das Mädchen stand auf. Sie wollte keinen Kuchen mehr essen, aber sie wollte noch mal in den Spiegel schauen. Was sie wohl diesmal sehen würde? Doch sie erreichte den Spiegel nicht mehr, das gastliche Land verblasste und sie stand wieder am Wegweiser.

"Schade", seufzte das Mädchen.

Clover Trifoleum

Anna begann, ihr Mittagessen vorzubereiten. Sie riss die Schränke auf und sah nach, welche Vorräte sie hatte. Kartoffeln wollte sie auf jeden Fall essen, also nahm sie ein paar dicke aus dem Gemüsekorb, trug sie zur Spüle und wusch sie ab. Mit einem Messer bewaffnet, setzte sie sich an den Küchentisch und begann die Kartoffeln zu schälen. Sie versuchte, die Schalen spiralförmig so von den Kartoffeln abzuschneiden, dass sie hinterher pro Kartoffel nur eine einzige lange Schale hatte. Diese Mühe machte sie sich sonst nie. Manchmal riss die Schale an einer besonders dünnen Stelle, oder die Kappen blieben übrig, die sie dann extra abschneiden musste.

Sie erinnerte sich, wie sie einmal mit ihrer Mutter Kartoffeln gepflanzt hatte. Abwechselnd grub eine von ihnen ein Loch in die Erde und die andere versuchte vom Weg aus eine Saatkartoffel hineinzuwerfen. Es hatte natürlich ewig gedauert, aber sie hatten viel Spaß dabei gehabt. So etwas fehlte ihr in der letzten Zeit.

Sie wusch die geschälten Kartoffeln, warf sie in einen Topf mit kochendem Salzwasser und legte den Deckel auf.

Das Mädchen sah hinauf zum Wegweiser. Er war leer bis auf einen letzten Pfeil ins *Land der Dämmerung*. Sie ging langsam in die Richtung, die der Pfeil anzeigte, aber diesmal passierte gar nichts, sie kam nicht in einem fremden Land heraus. Sie ging am Rande des Kornfelds entlang und als sie sich umdrehte, sah sie immer noch den fast leeren Wegweiser, den Wald und ihr Boot im ausgetrockneten Teich.

"Bin ich falsch gegangen?" fragte sie verwirrt.

"Der Weg ist durchaus richtig schon,
weit ist er nur, so weit,
doch auf dich wartet reicher Lohn,
wenn reif dafür die Zeit."

Das Mädchen glaubte, zu verstehen. Dies war also der entscheidende Weg, an dessen Ende sie erfahren würde, ob sie ein Kind der Sonne oder des Mondes war. Und es musste natürlich der letzte Pfeil sein, der sie auf diese Wanderung schickte, sonst wäre sie ja in die anderen Länder gar nicht erst hineingegangen.

"Woher wusstet ihr denn, dass ich erst zuletzt ins Land der Dämmerung gehen würde? Denn ich sollte doch zuerst in die anderen Länder gehen? Um sicher zu gehen, hättet ihr das doch so machen können, dass der Pfeil, der ins Land der Dämmerung weist, erst dann erschienen wäre, wenn ich in allen Ländern schon gewesen war."

"Der Bär, der kennt dich schon ganz gut,
deshalb konnt' er es wagen;
ich fand es kühnen Wagemut,
doch mich tat er nicht fragen."

Die Landschaft veränderte sich, als das Mädchen weiterging. Es wuchs kein Korn mehr auf den Feldern, sondern nur noch Kartoffeln. Grünes Kartoffelkraut wechselte mit Wäldern und Wiesen, auf denen der Klee blühte.

Dem Mädchen schien es, als würde das Land immer kraftvoller und sie selbst immer schwerer und erdhafter. Ihre Füße standen sicher und fest auf dem Boden, als verwurzelten sie sich bei jedem Schritt neu in der Erde, und sie fühlte sich wie ein Naturkind der Mutter Erde.

Je weiter das Mädchen in das fruchtbare Kartoffelland hineinwanderte, um so mehr schritt die Jahreszeit voran. Waren die Kartoffelpflanzen am Anfang noch jung und klein gewesen, begannen sie bald wild zu wuchern und wurden dann herbstlich gelb und die Kartoffeln waren bereit zur Ernte.

"Da! Ich rieche was!" Das Mädchen blieb stehen. "Das ist ein Kartoffelfeuer!"

Den Geruch würde sie immer erkennen. Sie suchte den Horizont ab und sah auch wirklich hinter dem nächsten Waldstück eine bläuliche Rauchsäule aufsteigen. Aber als sie durch den Wald gegangen war, sah sie die Menschen, die die Kartoffeln geerntet hatten, nur noch von weitem mit ihren Kartoffelkörben durch die rote Abenddämmerung davonziehen. An dem Feuer war ein einziger Wagen zurückgeblieben; ein hölzerner Karren voller Kartoffeln mit einem dicken Pony davor.

Das Mädchen ging näher und bemerkte eine kleine Gestalt, die am Feuer saß und mit einem Stock Kartoffeln in der Glut hin und her schob. Es war kein Kind, dachte das Mädchen, aber was war es dann? Es trug schwere braune Stiefel, eine erdfarbene Hose und einen sandhellen Pullover. Die kräftigen kleinen Hände drehten nun mit dem Stock die Kartoffeln um, die in der Glut lagen.

"Guten Abend", grüßte das Mädchen und ein verschmitztes Gesicht drehte sich ihr zu. Das Haar war rot und verwuschelt, die Augen waren blau unter hohen, wie runde Hockeyschläger geformten Brauen. Es hatte eine Stupsnase, rote Bäckchen, und zu beiden Seiten des Gesichtes standen tief liegende Ohren ein bisschen ab.

"Guten Abend."
"Du bist doch kein Junge oder ein Mädchen?"
"Oh nein, ich bin Clover Trifoleum."
"Aha", sagte das Mädchen und war auch nicht schlauer als zu Anfang.
"Ich bin ein Wichtel", setzte Clover hinzu und seufzte.
"Ich bin *der* Wichtel. Der Wichtel der Erde. Der erdige Erdwichtel. Setz dich doch."
Das Mädchen hockte sich neben ihn ans Feuer.
"Warum seufzt du denn? Ist es so schlimm, der Erdwichtel zu sein?"
Clover kicherte und hielt sich die kleinen Hände vor den Mund.
"Aber nein. Ich dachte nur, ich mach' am besten einen wichtigen Eindruck. Verantwortung und so. Schwere Arbeit, du weißt schon. Das ist es doch, was man von einem Erdwichtel erwartet, oder?"
"Ich weiß nicht, ich kenne keine Erdwichtel."
"Kannst du auch nicht! Kannst du auch nicht!" rief Clover und klatschte in die Hände, "weil ich ja der einzige bin!"
"Es gibt keine anderen Wichtel? Du hast keine Familie? Keine Eltern? Keine Brüder oder Schwestern?"
"Du weißt wenig von Wichteln." Clover fischte eifrig mir seinem Stock nach einer rauchenden rabenschwarzen Kartoffel. "Magst du auch eine?"
"Oh ja, bitte", sagte das Mädchen. "Aber in all den Büchern, die ich gelesen habe, gibt es ganze Wichtelvölker, mit Großeltern, Eltern, Geschwistern, Freunden, Verwandten..."
"Und in den Büchern, die ich gelesen habe, reiten Menschen auf Drachen. Hast du einen Drachen? Reitest du ihn?"

"Nein, aber das ist etwas anderes. Das hast du aus Märchenbüchern... oh... "

Clover sah sie mit ironisch hochgezogenen Brauen an. Dann fuhr er fort, Asche und Erde von den im Feuer gebackenen Kartoffeln abzukratzen.

"Wichtel sind Wichtel. Und fertig. Aus. Schluss."

"Und wie werden sie geboren?" Das Mädchen brach eine von den heißen Kartoffeln auf und pustete auf Ihre Finger.

"Weiß nicht", grinste Clover, "kannst du dich an deine Geburt erinnern?"

"Äh... nein."

"Vielleicht bin ich aus einem Ei geschlüpft. Oder ich bin auf einem Baum gewachsen."

"Ist dir das denn egal?"

"Jawohl", sagte Clover und schob sich ein Stück heiße Kartoffel in den Mund, "hollhommen hehal."

Das Mädchen vermutete, dass das "vollkommen egal" bedeuten sollte; mit einer heißen Kartoffel im Mund ließ sich schlecht sprechen. Clover schluckte.

"Außerdem habe ich keine Zeit für Familie. Wichtel müssen viel allein sein und jede Menge nachdenken, um ihre Aufgaben erfüllen zu können."

Clover aß den Rest seiner Kartoffel und schaufelte mit den Händen Erde über die Glut.

"Und jetzt fahre ich nach Hause. Hippolytia braucht Hafer. Sie hat den ganzen Tag so brav gearbeitet."

Er tätschelte dem dicken Pony die Nase.

"Hippolytia", wiederholte das Mädchen. "Ein schönes Pony."

"Und du?" fragte Clover, kletterte auf den Wagen und nahm die Zügel. "Wohin willst du gehen?"

"Ich will ins Land der Dämmerung. Aber bis dahin ist es bestimmt noch weit. Und ich weiß den Weg nicht."

"Dann komm mit mir. Ich habe zwar kein Bett, das groß genug für dich wäre, aber irgendwie wird es schon gehen."

Das Mädchen ging neben dem Kartoffelwagen her. Es wurde immer dunkler und der Mond erschien am Himmel. Clover summte leise vor sich hin und Hippolytias Hufe schlugen den Takt dazu.

"Ich bin unterwegs, um herauszufinden, ob ich ein Kind der Sonne oder ein Kind des Mondes bin. Kannst du mir dabei helfen?"

"Leider nein", antwortete Clover und raufte sich die roten Haare. "Ich bin ein Kind der Erde. Aber du wirst es schon herausfinden, man muss Vertrauen haben. Man muss der Erde vertrauen und dem Leben. Hat man etwas gepflanzt und es gepflegt, wird es Frucht bringen, früher oder später."

Oder an Krankheiten eingehen, dachte das Mädchen, oder gefressen werden.

Clover Trifoleums Haus war aus dunklem Holz und von Tannen umstanden. Während Clover Hippolytia ausspannte und in den Stall brachte, quetschte sich das Mädchen durch die kleine Eingangstür und krabbelte ins Wohnzimmer. Dort standen ein Sofa, ein Schaukelstuhl, ein Tisch, ein Schrank, und ein dicker, sandfarbener Teppich lag auf dem Dielenboden. Sie setzte sich mit untergeschlagenen Beinen auf den Teppich und hörte durch das offene Fenster das beruhigende Gemurmel, mit dem Clover seine Arbeiten im Ponystall begleitete.

"Jetzt schlafen wir erst mal... es war ein schöner Tag... wir haben viel geschafft... geerntet... und Ruhe verdient... siehst du das Abendrot?... brave Hippolytia..."

Zum Abendbrot briet Clover eine große Pfanne voller Kartoffeln. Das Mädchen hätte ihm gerne geholfen, doch die Küche war zu klein für sie beide. Sie hätte Clover nur im Weg gestanden und die kupfernen Töpfe und Pfannen heruntergeworfen, die an den Wänden hingen.

Als Clover im Wohnzimmer den Tisch gedeckt hatte, aßen sie und unterhielten sich. Clover erzählte von seinen Aufgaben als Wichtel und das Mädchen erzählte ihm von ihrer Reise.

"Und morgen?" fragte das Mädchen. "Was wirst du morgen tun? Die Kartoffeln sind ja jetzt abgeerntet."

"In diesem schönen Land gibt es immer irgendwo ein Kartoffelfeld, das abgeerntet werden muss. Aber morgen werde ich Ruten schneiden. Meine Kartoffelkörbe sind alle alt und brüchig, ich muss neue flechten."

"Kann ich dir dabei helfen?"

Clover nickte.

"Wenn du mir hilfst, kann ich inzwischen etwas für dich tun. Ich kann auf Hippolytia im Land herumreiten und herausfinden, ob ein Weg ins Land der Dämmerung führt. Mich kennen die Leute. Mir werden sie antworten."

Am nächsten Morgen gab es Kartoffelbrei zum Frühstück und Clover erklärte dem Mädchen genau, was sie zu tun hatte. Dann holte er das Pony aus dem Stall und ritt davon.

Das Mädchen nahm das Rutenschneidemesser und das starke Band, das Clover ihr gegeben hatte, und machte sich auf den Weg. Sie musste lange wandern und die Sonne stand schon hoch am Himmel, als sie die richtigen Sträucher auf der Wiese fand, die Clover ihr beschrieben hatte. Es waren keine Weiden, aus denen die Körbe gemacht waren, die sie kannte; sie wuchsen nicht aus einem Stamm heraus, sondern direkt aus der Erde, wie Bambus. Sie schnitt Ruten, bis ihr Rücken schmerzte und die Hand wehtat, die das Messer hielt. Erst dann machte sie eine Pause, streckte sich ausgiebig und ging zu einem kleinen Bach, um zu trinken. Danach schnürte sie die geschnittenen Ruten mit dem Band zu einem Bündel zusammen.

Auf dem langen Weg zurück zu Clovers Haus trug sie das Bündel auf dem Rücken und die Spitzen der Zweige raschelten und nickten über ihrem Kopf.

"Und du?" keuchte das Mädchen, als sie sich einen Hügel hinaufquälte, "Du sagst mal wieder gar nichts?"

"Du arbeitest sehr hart, mein Kind,
was sollt' ich dazu sagen?
Wir Männlein da viel schlauer sind,
du schleppst, ich lass mich tragen."

"Sehr witzig. Wirklich sehr witzig."

Als sie Clovers Haus erreichte, dämmerte es bereits. Rauch kringelte sich aus dem Schornstein und im Stall schnaubte Hippolytia zufrieden in ihren Futtertrog - Clover war schon da.

Das Mädchen warf das Bündel vor die Tür, löste das Band und legte die Ruten, nachdem sie die Blätter abgestreift hatte, alle in den großen hölzernen Wassertrog vor dem Haus. Sie war entsetzlich müde und der ganze Körper tat ihr weh.

"Ich bin wieder da!" rief sie, als sie eintrat. Sie legte sich platt auf den Teppich und streckte sich aus.

Clover kam lächelnd herein mit einem Topf heißer Kartoffelsuppe und das Mädchen aß mit großem Appetit.

"In die Berge brauchst du nicht zu gehen"; sagte Clover, "durch die Berge führt der Weg nicht ins Land der Dämmerung; ich habe niemanden getroffen, der auch nur den Namen schon einmal gehört hätte. Morgen reite ich zum großen Fluss."

Als Clover am nächsten Tag davon geritten war, nahm das Mädchen eine Rute nach der anderen aus dem Wasser und schälte die Rinde ab. Es war eine mühselige und langweilige Arbeit. Oft ließ das Mädchen die Hände sinken, hob den Kopf und betrachtete die Landschaft.

Nicht weit von Clovers Haus war ein Dorf, doch sie konnte es schlecht sehen, weil alle Häuser braun waren und sich kaum von den abgeernteten Kartoffelfeldern unterschieden. Doch es kräuselte sich grauer Rauch aus den Schornsteinen, und hin und wieder glaubte sie Menschen zu sehen, die durch die Straßen gingen.

Jedes Mal, wenn das Mädchen ihre langweilige Arbeit vernachlässigte und verträumt umherschaute, riss sie sich schließlich zusammen und nahm die nächste Rute aus dem Wasser, um sie abzuschälen. Ihre Hände waren kalt und wund, doch sie machte weiter, und als Clover abends nach Hause kam, hatte sie alle Ruten geschält. Sie legte sie wieder ins Wasser und fegte mit Clovers kleinem Besen die Rindenstücke zusammen, während der Wichtel Hippolytia in den Stall brachte und zum Abendbrot einen Kartoffelauflauf machte.

"Ich war heute am großen Fluss", erzählte Clover, als sie im Wohnzimmer zusammen saßen, "dorthin brauchst du nicht zu gehen, da kennt niemand den Weg ins Land

der Dämmerung. Morgen reite ich zu den verbotenen Hügeln."
"Warum sind die Hügel verboten?" fragte das Mädchen erstaunt.
"Es wird erzählt, dass dort Geister hausen. Weiße Geister, die in der Luft herumsausen und schreien, und wer sie sieht, wird in eine Kartoffel verwandelt."
"Und da willst du für mich hingehen?"
"Na ja, nicht ganz", grinste Clover, "Ich habe keine Lust, als Kartoffel zu enden. Aber dort in der Nähe wohnt eine alte, weise Frau und es ist möglich, dass sie den Weg ins Land der Dämmerung kennt."

Am Morgen nahm das Mädchen acht starke Ruten aus dem Trog, verflocht sie zu viert über Kreuz miteinander und versuchte, sie mit einer dünneren Rute zu einem Boden zusammen zu flechten. Das war schwer. Die Ruten waren glitschig und schienen sich wie Aale zu winden, und das Mädchen war nass, erschöpft und von den Rutenenden zerpiekst, als das Gebilde, das sie fabriziert hatte, tatsächlich dem Boden eines Korbes glich.
Sie bog die starken Ruten nach oben, denn nun sollte der Korb ja auch eine Wand bekommen. Sie flocht emsig drauflos, bis sie merkte, dass es kein Korb wurde, sondern höchstens eine flache Schale. Das Mädchen machte alles wieder auf und versuchte es noch mal. Diesmal wurde der Korb krumm und schief und wieder begann sie von vorn. Das untere Stück sah nun schon korbähnlich aus, doch dann ging er in die Breite wie ein Ballon.

Als Clover am frühen Nachmittag wiederkam, hatte sie erst einen Korb fertig und war von sich enttäuscht. Sie hatte ihn doch mit vielen neuen Körben überraschen wollen, und nun hatte sie nur den einen und der sah auch nicht gerade perfekt aus. Das Bersteinmännlein hatte versucht, sie zu trösten:
"Kunst ist es, einen Korb zu flechten,
das lernt man nicht im Nu,
drum hör auf, mit dir zu rechten,
dein Bestes tatest du."
Aber das Mädchen war immer noch unzufrieden mit sich.
"Du kommst früh, Clover. Hast du etwas erfahren?"
"Ja, aber was ich erfahren habe, gefällt mir überhaupt nicht."
Nachdem er Hippolytia versorgt hatte, ging er in die Küche und backte Kartoffelpuffer. Das Mädchen war neugierig, was er erfahren hatte und hockte sich vor die offene Küchentür.
"Kennst du jetzt den Weg ins Land der Dämmerung?"
"Ja", sagte Clover stirnrunzelnd, warf mit der Pfanne einen Kartoffelpuffer zum Wenden in die Luft und fing ihn geschickt wieder auf. "Du musst durch die verbotenen Hügel."
"Ich soll in eine Kartoffel verwandelt werden?"
"Da gibt es nur eine Möglichkeit. Du musst heute Nacht gehen. Nachts gibt es dort keine Geister."
"Heute Nacht?"
"Ja." Clover reichte ihr einen Teller voll mit leckeren Kartoffelpuffern. Das Mädchen aß, doch sie schmeckte kaum etwas. Sie sollte nachts allein durch die verbotenen Hügel gehen, in denen es Geister gab?

"Du musst Vertrauen haben", sagte Clover und tätschelte ihren Kopf, "du musst der Erde vertrauen. Die Erde wird dich beschützen vor fliegenden, schreienden Geistern."

Nach dem Essen machte sich das Mädchen auf den Weg. Clover wollte sie ein Stück begleiten. Als sie vor dem Haus standen, sagte das Mädchen traurig:

"Und ich habe nur einen einzigen Korb fertig gemacht. Ich hätte dir gern mehr geholfen."

"Du hast mir sehr geholfen", sagte Clover und deutete auf den Berg geschälter Ruten, "das hätte ich in der kurzen Zeit nicht geschafft. Und weil du mir deinen geflochtenen Korb schenken willst, schenke ich dir meinen Korb."

Er holte einen Korb aus dem Haus, legte übrig gebliebene Kartoffelpuffer als Proviant hinein und gab ihn dem Mädchen. Sie bedankte sich und drehte sich zögernd nach Westen, wo es in die verbotenen Hügel ging, in denen Geister jeden, der sie ansah, in eine Kartoffel verwandelten.

"Ich werde die Geister einfach nicht ansehen", sagte das Mädchen, "meinst du, das nützt was?"

"Ich weiß nicht", sagte Clover und nahm tröstend ihre Hand, "du kannst es ja versuchen."

Daucus Carotta

Anna setzte noch einen Topf auf den Herd und füllte ihn mit Wasser. Sie wollte zwei Eier kochen, die sie zu den Kartoffeln essen konnte. Die Eier waren schneeweiß und Anna ließ sie vorsichtig in den Topf gleiten.

Ihre Großeltern hatten früher Hühner gehabt. Sie war noch klein gewesen, als sie morgens die Hühner gefüttert hatte. Aufgeregt gackernd scharten sie sich um sie, als sie mit beiden Händen tief in die Futterschüssel gegriffen und die Körner in weitem Bogen ausgestreut hatte.

Anna sah in den Topf und drehte die kleine Sanduhr um. Die Hühner ihrer Großmutter waren groß und genauso schneeweiß gewesen wie die Eier im Topf, und alle hatten einen eigenen Namen gehabt. Wenn man sich mit ihnen beschäftigte, merkte man schnell, dass jedes Huhn einen eigenen Charakter hatte. Da gab es die stillen, sanften, die am liebsten im hohen Gras herumspazierten und krakeelende, die in der Erde scharrten und ständig wirkten, als wären sie wütend.

Anna ging zum Küchenfenster und sah hinaus. Der Regen hatte aufgehört, graue und weiße Wolken segelten über den Himmel. Manchmal blitzte ein Stückchen Blau durch das Wolkengetümmel.

Das Mädchen schreckte aus dem Schlaf. Die ganze Nacht war sie durch die verbotenen Hügel gewandert, ohne etwas zu hören oder zu sehen von den Geistern, die hier hausen sollten. Im Morgengrauen hatte sie sich auf eine weiche Wiese unter einen Busch gelegt und war eingeschlafen. Jetzt stand die Sonne am Himmel und das Mädchen sah sich um.

"Keine Geister", murmelte sie erleichtert, "es scheint so, als würde ich nicht in eine Kartoffel verwandelt. Oder bin ich noch nicht aus den verbotenen Hügeln heraus?"

Sie kroch unter dem Busch hervor und stand auf. Ganz in der Nähe der Wiese lief ein breiter Weg auf ein großes Dorf in der Ferne zu, dass so strahlend weiß aussah, als wäre es aus Zucker gemacht. Wenn dies noch die verbotenen Hügel wären, läge doch das Dorf nicht hier, so dicht bei den schreienden, fliegenden Geistern? Das Mädchen nahm ihren Korb und wanderte den Weg entlang auf das Dorf zu.

Ein sanfter Wind pustete etwas Weißes vor sich her, klein und leicht wie eine Schneeflocke. Das Mädchen bückte sich danach. Es war eine Daunenfeder. Und gleich darauf schwebten weitere Federn an ihr vorbei.

"Weiße Geister, die fliegen und schreien", überlegte sie, "Ob das Federn von Geistern sind?"

"Geister sind's nicht, glaube mir,
die haben keine Daunen,
über diese Vögel hier
wirst du bald noch staunen!"

"Es sind also Vögel, keine Geister?" Das Mädchen war sehr erleichtert und ein bisschen enttäuscht.

"Schnell, mach Platz, dort kommt er an,
hör's in der Ferne brausen,
großes Huhn mit kleinem Mann
wird gleich vorübersausen!"

Das Mädchen sah sich um, lief vorsichtshalber ein Stück in die Wiese hinein und versteckte sich hinter einem Busch. Sie lugte durch die Zweige den Weg entlang, und da kam tatsächlich ein riesiges weißes Huhn angelaufen; es machte große Schritte, flatterte manchmal ein Stück und verlor öfter kleine Federn wie die, die sie eben gefunden hatte.

Auf dem Rücken des Huhns saß ein Wichtel - Clover, dachte sie zuerst, doch Clover war ja hinter den verbotenen Hügeln zurückgeblieben. Dieser Wichtel hatte auch rotes Haar über einem verschmitzten Gesicht und seltsame, etwas abstehende Ohren. Seine Augen blitzen begeistert, und ab und zu stieß er kleine Juchzer aus, als er vorbeiraste.

"Das war nicht Clover", sagte das Mädchen, "aber wer war das dann?"

"Lenke jetzt nur deine Schritte
zu dem Dorf da drüben hin,
geh bis in des Dorfes Mitte,
weil auch ich neugierig bin."

Das Mädchen ging wieder auf den Weg zurück und wanderte weiter in Richtung Dorf. Durch den leichten Wind und die kleinen Federn, die wie Schneeflocken durch die Luft wirbelten, fühlte sie sich beinahe, als ob sie schwebte, als ob sie kaum etwas wöge und auch vom Wind davon gepustet werden könnte.

Schon lange bevor sie das Dorf betrat, hörte sie verschiedene Hähne krähen und das Gackern von vielen Hühnern. Auf dem Dorfplatz standen einige Leute um den Wichtel und sein Huhn herum. Als das Mädchen zu ihnen trat, wurden sie still und starrten sie an. Dem Mädchen war unbehaglich zumute. Warum wurde sie so angestarrt? Weil sie ein rotes Kleid trug, wo doch alle Dorfbewohner und der Wichtel in hellblau und weiß gekleidet waren?

"Woher kommst du?" fragte der Wichtel schließlich.

"Oh, von da drüben," sagte das Mädchen und wies mit der Hand zurück, "aus den verbotenen Hügeln."

Die Leute sahen sich entsetzt an.

"Habt ihr gehört... aus den verbotenen Hügeln... wo die grässlichen Trolle hausen..."

"Welche Trolle?" fragte das Mädchen, doch niemand antwortete.

Die Dorfbewohner taten, als wäre sie gar nicht da, sagten: "Wie wir es besprochen haben" zu dem Wichtel, und "ein bisschen Regen könnten wir auch gebrauchen" und dann verschwanden sie einer nach dem anderen und das Mädchen blieb mit dem Wichtel allein.

"Welche Trolle?" fragte sie ihn.

"In den verbotenen Hügeln", sagte der Wichtel, "wohnen die Trolle. Man hört sie nicht, nur manchmal sieht man ihre Schatten gebückt über den Boden kriechen. Und wenn sie einen sehen, machen sie eine kleine Bewegung mit der Hand und *schwupp*! ist man in ein Hühnerei verwandelt."

"Ach." Mehr konnte das Mädchen dazu nicht sagen, sie war zu überrascht.

"Ich heiße Daucus Carotta", stellte sich der Wichtel vor und machte eine kleine Verbeugung.

"Und du bist ein Wichtel."

"Oh ja, ich bin der Luftwichtel.!"

Daucus Carotta war ein Stückchen größer als Clover, er war dünner und hatte längere Beine. Seine roten Haare standen auch in die Luft, doch sie waren weicher und schienen über seinem Kopf zu schweben.

"Ich muss jetzt nach Hause", sagte Daucus. "Möchtest du mit mir kommen? Du musst mir von den verbotenen Hügeln erzählen." Er stieg auf das Huhn. "Das ist Perdix. Sie ist ein Rennhuhn."

Das Mädchen strich vorsichtig über den Hals des Huhns. Sie spürte die Wärme unter den seidigen Federn.

Daucus führte sie ein Stück des Weges zurück, den sie gekommen waren, dann bog er ab und sie kletterten einen hohen Hügel hinauf. Oben stand ein Haus mit vielen Giebeln in der Nähe eines großen Felsens; es war weiß und hellblau wie die Häuser im Dorf, und überall drumherum liefen weiße Hühner, gackerten und scharrten und ließen es sich gut gehen.

"Und hier wohnst du also", stellte das Mädchen fest.

Daucus sprang behände von seinem Huhn, und Perdix verschwand schnell um die Hausecke.

"Zuerst muss ich etwas Wichtiges erledigen."

Daucus ging einen Moment ins Haus und kam mit einer großen Feder zurück. Er kletterte auf den Felsen, schaute sich um und hob den Arm. Mit der Feder wedelte er wild im Kreis herum, dann hin und her und rauf und runter. Das sah so lustig aus, dass das Mädchen sich auf die Lippen biss, um nicht laut zu lachen.

"Was tut er denn da?"

"Er weiß sehr gut, was er dort macht,
   du wirst sogleich erleben,
   dass viele Wolken, leicht, ganz sacht
   sich in die Lüfte heben."

Und wirklich sah das Mädchen, wie ein Wind aufkam, mit dem die Wolken über das Land zogen.

"Der Wind gehorcht ihm? So was habe ich noch nie gesehen."

Das Bernsteinmännlein antwortete voller Genugtuung:

"Hast so vieles nicht gesehen
   was es gibt auf Erden,
   kannst drum manches nicht verstehen,
   doch es wird schon werden."

Daucus kletterte von dem Felsen herunter, brachte die Feder wieder hinein und setzte sich auf eine weiße Bank, die unter dem kleinen Vordach an der Hauswand stand.

"Du holst die Wolken? Du befiehlst dem Wind?" fragte das Mädchen.

"Hm, hm", Daucus wiegte den Kopf, "es ist nicht ganz so. Manchmal muss man Veränderungen schaffen, um weiterleben zu können. Alles Leben verändert sich. Und ich diene der Veränderung, indem ich ein kleines bisschen nachhelfe, wenn Wind gebraucht wird oder Regen."

Das Mädchen sah die Wolken über das Land ziehen und spürte, dass feiner Regen wie ein Schleier herabfiel.

"Setz dich zu mir", forderte Daucus sie auf. "Hier wirst du nicht nass. Und nun erzähle mir, woher du kommst und wohin du willst."

"Ich komme aus dem Land hinter den verbotenen Hügeln. Dort lebt der Erdwichtel Clover Trifoleum. In den verbotenen Hügeln gibt es keine Trolle. Die Menschen gehen gebückt über die Felder, um die Kartoffeln zu ernten."

Daucus Carotta sah sehr verblüfft aus und das Mädchen hatte das Gefühl, dass er ihr nicht glaubte.

"Wirklich!" beteuerte sie. "Bei Clover glauben die Menschen, dass in den verbotenen Hügeln weiße Geister wohnen, die fliegen und schreien und jeden, der sie ansieht, in eine Kartoffel verwandeln."

Daucus lachte und schlug sich mit den Händen auf die Knie.

"Und damit meinen sie unsere Hühner?"

"Ja, so muss es sein."

Eine Weile blieb es ganz still und Daucus starrte nachdenklich auf die verbotenen Hügel am Horizont.

Schließlich riss er seinen Blick los und sah das Mädchen wieder an.

"Und wohin willst du von hier aus gehen?"

"Ich suche den Weg in das Land der Dämmerung, aber ich weiß nicht, wie es von hier aus weitergeht."

"Wenn du mir hilfst, kann ich dir helfen." Daucus zwinkerte sie mit seinen blauen Augen vergnügt an. "Aber nun wollen wir erst einmal hineingehen und etwas essen."

Während Daucus in die Küche ging, um Rührei zu machen, deckte das Mädchen in der Wohnstube den Tisch, weil die Küche natürlich wieder zu klein für sie beide war. Sie war sehr vorsichtig mit dem weißen Porzellan, damit nichts zerbrach, und dann hockte sie sich, wie bei Clover, auf den Teppich. Sie nahm die letzen beiden Kartoffelpuffer aus ihrem Korb und legte sie auf die Teller.

"Was ist denn das?" fragte Daucus neugierig, als er aus der Küche das Rührei brachte,

"Das sind Kartoffelpuffer."

"Von Kartoffeln wusste ich bisher nur, dass es hässliche braune Knollen sind, die in der Erde wachsen." wunderte sich Daucus.

"Im Land des Erdwichtels isst man nichts als Kartoffeln", klärte ihn das Mädchen auf. "Es gibt dort Pellkartoffeln und Kartoffelauflauf, Kartoffelsuppe und Kartoffelsalat, Bratkartoffeln und Kartoffelbrei..."

"Und hier", kicherte Daucus, "gibt es nichts als Eier. Spiegeleier, Rühreier, harte Eier, weiche Eier, verlorene Eier, Soleier, Eiersoufflee, Eiersalat..."

Er probierte vorsichtig die Kartoffelpuffer.

"Gut", befand er. "Aber mit Eiern wären sie besser."

"Du musst nach Clover gehen", sagte das Mädchen begeistert. "Du gibst ihm Eier, er gibt dir Kartoffeln, und dann..."

"Langsam", unterbrach Daucus. "Zuerst müssen wir herausfinden, wie du ins Land der Dämmerung gelangst."

Am nächsten Tag machte sich Daucus mit Perdix auf, den Weg ins Land der Dämmerung zu finden. Das Mädchen hatte ihm versprochen, an diesem Tag seine Arbeit zu tun. Sie konnte zwar nicht mit der Feder dem Wind befehlen und die Wolken bewegen, doch sie versorgte die Hühner und sammelte die feinen Flaumfedern auf, die auf der Wiese ums Haus herum verstreut lagen.

Das hatte sich alles sehr leicht angehört, als Daucus davon sprach, aber es war schwere Arbeit. Die Hühner liefen hin und her, und immer, wenn das Mädchen dachte, sie hätte alle Federn aufgesammelt, lagen schon wieder welche da.

Einmal, als sie voller Stolz den Haufen weißer Federn betrachtete, den sie zusammengetragen hatte, fuhr ein Windstoß mitten hinein und die Federn segelten davon und verteilten sich wieder auf der Wiese.

Das Mädchen überlegte. Es gab eine Kammer im Erdgeschoß des Hauses, die vollkommen leer war. Und so sammelte sie die Federn in ihrem Korb und schüttete sie durch ein kleines Fenster dort hinein. Auf diese Weise konnten sie nicht mehr wegfliegen.

Am Ende des Tages war sie viel zu müde, um sich noch nach jeder Feder einzeln zu bücken; sie kroch auf allen

Vieren auf der Wiese herum und sammelte Federn, bis Daucus zurück kam.

"Ich bin in den Bergen gewesen", sagte er beim Abendbrot. "Dort weiß niemand den Weg ins Land der Dämmerung."

Das Mädchen nickte müde und gähnte.

"Und morgen?"

"Morgen reite ich zum großen Fluss."

Den nächsten Tag verbrachte das Mädchen damit, den Flaum von den Federkielen zu schaben und ihn zu einem Faden zu verspinnen. Das wäre bei den Hühnerfedern, die sie aus ihrer Welt kannte, ganz unmöglich gewesen, aber diese Federn waren anders. Der dünne Flaum klebte an ihr, bis sie selbst fast wie ein weißes Huhn aussah. Flaum kitzelte ihre Nase, dass sie niesen musste, Flaum bedeckte ihre Haare und setzte sich in ihren Wimpern fest, er brachte sie zum Husten und Spucken und drang in ihre Augen, bis sie tränten.

Es dauerte lange Zeit, bis sie den Faden aus Federflaum gleichmäßig spinnen konnte. Zuerst geriet er immer zu dick oder zu dünn, er bildete Klumpen oder riss, aber das Mädchen gab nicht auf und schließlich konnte sie eine Spule nach der anderen mit weißem, gesponnenen Garn vor sich aufreihen.

Ihre Hände waren wund und taten weh, als Daucus am Abend wieder heim kam.

"Am Fluss weiß niemand den Weg ins Land der Dämmerung", sagte er, als sie im Wohnzimmer saßen und Eiersalat aßen. Er zögerte und machte ein sorgenvolles Gesicht.

"Was ist denn?" fragte das Mädchen mit ängstlichen Augen.

"Es bleibt nur noch ein Weg übrig", murmelte Daucus und schüttelte den Kopf. "Nein, das gefällt mir ganz und gar nicht. Morgen werde ich gehen und herausfinden, ob das der richtige Weg ist. Wenn nicht, bist du im Land des Erdwichtels falsch gegangen. Dann musst du zurück zu Clover Trifoleum."

"Ich werde nicht zurückgehen zu Clover Trifoleum", sagte das Mädchen, als sie am nächsten Morgen Daucus nachwinkte, der auf Perdix den Hügel hinunter ritt. "Die letzte, gefährlichste Möglichkeit ist bestimmt wieder die richtige."

"Mich macht das auch nicht gerade froh,
da kannst du jeden fragen,
doch ist's im Märchen meistens so,
was soll ich dazu sagen?"

"Du brauchst nichts weiter zu sagen. Ich weiß schon."

An diesem Tag arbeitete das Mädchen an einem großen Webstuhl. Daucus hatte darauf bestanden, dass sie den Webstuhl auf den Felsen hinaufschleppte und dort oben, dicht am blauen Himmel, den Stoff webte. Als ob die paar Meter dichter am Himmel etwas ausmachten! Sie spannte Fäden weißen Garns auf und wickelte das gleiche Garn auch auf das Schiffchen, doch als sie zu weben begann, wurde der fertige Stoff nicht weiß, sondern hellblau. Es machte also doch etwas aus! Es war, als würde das weiße Garn die Himmelsbläue aufnehmen, und eine Weile machte es ihr Freude, das mit anzusehen.

Doch bald begannen dem Mädchen die Arme wehzutun. Und das Garn, auf das sie so stolz gewesen war, war auch nicht so gleichmäßig gesponnen, wie sie geglaubt hatte. Dann wurde die Stoffbahn auch noch schmaler und schmaler, weil sie den Faden zu straff zog, und sie musste ein ganzes Stück wieder aufmachen und noch mal weben.

Als Daucus abends zu ihr kam, war das Stück Stoff, was sie gewebt hatte, nur so lang wie ihre Hand.

"Du musst den Weg gehen, den ich heute ging", berichtete Daucus sorgenvoll. "Du musst am Vormittag losgehen. Nachts ist es zu gefährlich und am frühen Morgen auch. Du musst die Wüste durchqueren, das ist der Weg ins Land der Dämmerung."

"Ich muss eine Wüste durchqueren? Und warum darf ich nicht nachts gehen oder morgens ganz früh?"

"Weil dort die Feuerkatze umgeht." Daucus rieb seine Stupsnase. "Aber am späten Vormittag hat man sie noch nie gesehen."

"Die Feuerkatze?" Das Mädchen stellte sich eine flammende Bestie mit Reißzähnen vor, die Feuer speien konnte wie ein Drache.

"Man hat sie bisher nur aus der Ferne gesehen. Oder, falls sie jemand von Nahem gesehen hat, konnte er nicht mehr flüchten, um uns davon zu erzählen."

Das Mädchen war ganz verzagt und der Wichtel versuchte sie zu trösten.

"Es ist zwar bisher niemand durch diese Wüste gegangen, aber es ist auch noch nie jemand durch die verbotenen Hügel gekommen. Veränderungen erhalten das Leben. Man muss sie willig ertragen."

Das Mädchen lächelte schief.

"Ich werde es versuchen."

"Warum willst du denn unbedingt in das Land der Dämmerung?"

"Ich muss herausfinden, ob ich ein Kind der Sonne oder des Mondes bin." Das Mädchen blickte ihn plötzlich voller Hoffnung an. "Oder kannst du mir das sagen?"

"Nein, leider nicht." Daucus hob bedauernd die Hände. "Ich bin ein Kind der Luft."

"Dann bleibt mir nichts anderes übrig", seufzte das Mädchen. "Ich muss durch die Wüste, wo die Feuerkatze lebt."

Quendel Alvis

Anna fand eine Dose rote Bohnen im Vorratsschrank und tat sie in einen dritten Topf, den sie auch auf den Herd stellte. Nach und nach kamen noch eine Paprikaschote, Zwiebeln, Salz und Pfeffer dazu. Anna überlegte kurz, quetschte ein bisschen Tomatenmark aus der Tube hinein und warf von allen getrockneten Kräutern, die sie finden konnte, eine Prise in den Topf.

Sie hatte einmal einen Eintopf *nach Art des Hauses* - so nannte sie es, wenn sie alle Reste aus den Schränken zusammensuchte und in einen Topf warf - zubereitet, in dem Bohnen, Erbsen, Linsen und Graupen zusammen mit Porree, Kartoffeln, Gewürzen und Kräutern gekocht wurden. Wenn man davon fünf Löffel gegessen hatte, war man für drei Tage satt, deshalb erhielt das Gericht den Namen *Quacksatt-Eintopf*.

Immer mal wieder die Bohnen umrührend, deckte sie den Tisch: *einen* Teller, *ein* Messer, *eine* Gabel. Wie ungewöhnlich. Essig und Öl, die sie vielleicht brauchen würde. Nachdem sie in die Kartoffeln gepiekt und die Eier abgeschüttet hatte, war auch der Bohnen-Paprika-Topf fertig. Sie war jetzt wirklich hungrig.

Das Mädchen durchquerte die Wüste. Sie trug ihren Korb, in dem außer den gekochten Eiern, die Daucus ihr mitgegeben hatte, noch ein Geschenk von ihm lag: Ein Kleid aus jener blauen Luftseide, von der sie so mühsam ein Stück fertig gestellt hatte.

Es war heiß in der Wüste, die Sonne schien, und der Sand rieselte ihr in die Schuhe und scheuerte zwischen ihren Zehen. Nach einer Weile bemerkte sie, dass sie nicht etwa müde wurde, sondern im Gegenteil, ihre Haut prickelte vor Energie, und sie hätte gern in einen Spiegel gehabt, um zu sehen, ob ihre Haare elektrifiziert in die Luft standen, denn genauso fühlte es sich an. Sie wurde mutiger, als sie so dahin schritt. Die Feuerkatze würde sie schon vertreiben können, wenn sie jetzt angriffe!

Auf einer Düne blieb das Mädchen stehen und beschattete die Augen mit der Hand. Irrte sie sich, oder war das tatsächlich ein Dorf? Sie stapfte die Düne hinunter und die nächste hinauf. Jetzt war sie ein Stück näher dran. Ja, es waren Häuser. Wieder ging sie düneab und düneauf. Die Häuser waren alle rot. Auf der nächsten Düne erkannte sie, dass auch die Menschen, die in den Straßen des Dorfes umhergingen, rot gekleidet waren. Knallrot, flammendrot, feuerrot.

"Entschuldigung", sprach das Mädchen einen der Dorfbewohner an, als sie die ersten Häuser erreichte, "können Sie mir sagen, wo ich hier bin?"

"In Feuerstadt natürlich!" Der Mann schüttelte den Kopf über ihre Unwissenheit und ging weiter.

"Nach einem Land der Dämmerung sieht es hier auch nicht gerade aus", murmelte das Mädchen.

Sie wanderte durch ganz Feuerstadt, ohne dass sie jemandem auffiel. Ihr Korb war wohl etwas Fremdes, doch ihr Kleid war genauso rot wie die Kleidung der Menschen hier. Als sie die letzten Häuser hinter sich gelassen hatte, führte ihr Weg sie durch Felder, auf denen Bohnen wuchsen und Pfefferschoten und Paprika. Weiter hinten sah sie eine kleine Rauchsäule aufsteigen, und sie ging darauf zu.

Die Rauchsäule kam aus einem Vulkan, der so winzig war, dass eine große kupferne Pfanne genau auf den Krater passte. In der Pfanne kochte etwas, und neben dem Vulkan stand ein kleines rotes Haus, das ganz von Feuerbohnen und Pfefferpflanzen überwuchert war.

Als das Mädchen näher trat, bemerkte sie eine Katze, die auf der Schwelle des Hauses lag. Sie hatte orangerotes Fell, und als sie den Kopf hob, um das Mädchen anzusehen, sah man ihre leuchtend gelben Augen. Die Augen schlossen sich aber bald wieder und die Katze legte den Kopf zurück auf die Schwelle und streckte sich. Nach einem tiefen Atemzug lag sie still, als wäre sie eingeschlafen.

Ein Wichtel stürmte aus der Tür, in der einen Hand hielt er einen großen Kochlöffel, mit der anderen presste er verschiedene tönerne Dosen an die Brust. Bevor das Mädchen ihn warnen konnte, war er auch schon über die Katze gestolpert und plumpste zu Boden, wobei er den Löffel und die Dosen verlor.

"Felisande!" Er stand auf und sein rotes Haar lohte kerzengerade auf seinem Kopf. "Musst du denn immer da rumliegen, wo du störst? Du kannst froh sein, dass meine Gewürzdosen heil geblieben sind, sonst hättest du was erlebt!"

Die Katze blinzelte ihn verächtlich an und leckte gelangweilt ihre linke Pfote.

Das Mädchen kam näher, um dem Wichtel zu helfen, seine Sachen aufzuheben. Er war noch damit beschäftigt, den Staub von seiner roten Hose und dem ebenfalls roten Fransenhemd zu klopfen. Als er das Mädchen sah, lächelte er.

"Sieh da, Besuch!"

"Eigentlich bin ich kein Besuch", erklärte das Mädchen. "ich möchte nur den Weg ins Land der Dämmerung finden. Ich war schon bei Clover Trifoleum, dem Erdwichtel und Daucus Carotta, dem Luftwichtel..."

"Ein Erdwichtel? Ein Luftwichtel?" fragte der Wichtel aufgeregt, "Wo sind sie?"

"Hinter der Wüste." Das Mädchen drückte ihm den Kochlöffel in die Hand, den sie aufgehoben hatte.

"In die Wüste gehe ich nie." Er zuckte die Achseln. "Dort soll es ja so sterbenslangweilig sein, dass man es nicht aushält."

"Hinter der Wüste ist das Luftwichtelland. Von dort kommt niemand hierher, weil sich alle vor der Feuerkatze fürchten."

Das fand der Wichtel ungemein spaßig.

"Hast du gehört, Felisandchen? Sie fürchten sich vor dir!"

Die Katze hob nicht einmal den Kopf.

"Ich heiße Quendel Alvis", stellte sich der Wichtel vor. "Ich bin der Feuerwichtel."

Sein Gesicht wurde süß und kindlich, er riss seine blauen Augen weit auf und versuchte, ein paar Tränen hervorzupressen.

"Ich bin ein armer Waisenwichtel" sagte er mit zittriger Stimme, "niemand liebt mich. Ich bin ganz allein auf der Welt. Möchtest du nicht einen armen kleinen Waisenwichtel adoptieren?"

"Moment mal", stutzte das Mädchen, "es kann keine Waisenwichtel geben. Clover hat mir erzählt, dass Wichtel keine Eltern oder Kinder haben, weil Wichtel eben Wichtel sind, und ..."

"Mist." Quendel war ganz enttäuscht. "Das weißt du schon?" Dann strahlte er wieder. "War ich nicht gut als Waisenwichtel? Das ist eine meiner Glanznummern!"
Er nahm seine Gewürzdosen und tanzte zu der Kupferpfanne auf dem Vulkan, in der es brodelte.
"Heut' gibt es Chilibohnen à la Quendel. Möchtest du mit mir essen?"
"Gern, danke." Das Mädchen nahm die gekochten Eier aus dem Korb. "Siehst du? Wir haben Eier dazu."
"Igitt!" Quendel schüttelte sich. "Die Schalen knirschen zwischen den Zähnen und innen sind sie glibberig! Ich kenne Eier! Geh bloß weg damit!"
"Aber sie sind gekocht! Man muss sie nur noch pellen und dann schmecken sie gut. Bei Daucus Carotta isst man immer Eier..."
"Hier isst man, was in die Pfanne kommt... äh, oder aus der Pfanne... " Quendel drehte sich zu dem Mädchen um und drohte mit dem Kochlöffel. "Eins sage ich dir, mein Kind, wenn du heute den Teller wieder nicht leer isst... nur wenn man den Teller leer isst, gibt es schönes Wetter, lass dir das von deiner Oma gesagt sein!"
"Ooh..kaay..", sagte das Mädchen langsam und vorsichtig, wie man mit durchgeknallten Menschen reden soll.
"Gut, gut", Quendel rührte den Eintopf um und leckte nah ausgiebigem Pusten den Kochlöffel ab. "Ich bin überzeugend als strenge Großmutter, oder?" Er streute noch etwas Salz in die Pfanne, rührte um, schmeckte ab und nickte zufrieden.
"Setz dich", er deutete auf eine Steinbank und einen Tisch nah am Vulkan, dann sauste er los, sprang über die Katze auf der Türschwelle ins Haus und kam mit Tellern und Besteck zurück.

Als das Mädchen einen Löffel voll in den Mund geschoben hatte, keuchte sie, so scharf war das. Aber es schmeckte gut. Sie zeigte Quendel, wie man die gekochten Eier pellte; er schnitt sein Ei in Scheiben und legte sie auf den roten Bohneneintopf.

"Schön sieht das aus!" Er probierte vorsichtig. "Und schmeckt auch gut. Wo wohnt dieser Luftwichtel, hast du gesagt?"

"Hinter der Wüste. Und hinter dem Luftwichtelland wohnt der Erdwichtel. Dort gibt es Kartoffeln. Und ich muss den Weg ins Land der Dämmerung finden. Kannst du mir dabei helfen?"

"Wenn du mir hilfst, kann ich dir helfen."

"Ja, ja." Das Mädchen seufzte. "Das kenn' ich schon."

"Morgen gehe ich in die Berge. Ich nehme Felisande mit. Und wenn die Leute dann nicht mit der Sprache rausrücken, wird sie ihre Krallen zücken und sie foltern, bis sie alles sagen, was sie wissen."

"Das tut sie doch nicht wirklich!"

"Nein", kicherte Quendel, "Aber es hört sich gut an. Gefährlich. Mörderisch."

Eine Weile aßen sie schweigend. Dann fragte Quendel: "Und du bist unterwegs, um Abenteuer zu erleben?" Seine Augen schienen Funken zu sprühen.

"Nein, ich will herausfinden, ob ich ein Kind der Sonne oder des Mondes bin."

"Aber das ist doch ein Abenteuer!" Quendel sprang auf. "Wenn ich nicht wüsste, dass ich ein Kind des Feuers bin, würde ich losziehen und Abenteuer erleben, bis ich es herausgefunden hätte!" Er schlug die Arme wie Windmühlenflügel durch die Luft. "Das ganze Leben ist ein Abenteuer! Jeder ist der Held seiner eigenen

Geschichte! So muss man es sehen! Quendel Alvis, der Held des Feuerwichtellandes!"

Die Katze Felisande war aufgestanden, hatte sich ausgiebig gestreckt und trottete gerade an ihnen vorbei.

"Geh nur, Felisandchen", sagte Quendel, obwohl ihm die Katze keinen Blick gönnte, "geh' und erlebe deine eigenen Abenteuer."

Am nächsten Morgen machten sich Quendel und Felisande auf den Weg in die Berge. Das Mädchen hatte dem Wichtel versprochen, Feuerstein zu suchen. Sie nahm eine Hacke und eine Schaufel und zog los in die Felsgrube. Das war eine lange Felsenschlucht, in der man Feuerstein finden konnte.

Den ganzen Tag mühte sich das Mädchen ab, sie grub und hackte und schürfte sich dabei an den scharfkantigen Steinen Arme und Beine ab, aber einen Feuerstein fand sie nicht. Quendel hatte ihr einen gezeigt, der war schwarz wie Kohle und rotglühend wie Kupfer, wenn die Sonne darauf fiel. Mittags saß sie auf einem großen Stein und ruhte sich aus. Die Sonne stand gerade über ihr und es war heiß, aber diese Hitze lähmte nicht, sie pulsierte und prickelte, und voller Energie machte das Mädchen sich wieder an die Arbeit.

Am Abend, als sie die Hoffnung beinahe aufgegeben hatte, fand sie einen großen Klumpen, der durchaus ein Feuerstein sein konnte, doch die Sonne war schon untergegangen, deswegen konnte sie nicht sicher sein. Sie steckte die Schaufel neben den Stein in die Erde, damit sie die Stelle am Morgen gleich wieder fand und ging zu Quendels Haus zurück.

Quendel war schon da, die Pfanne brodelte auf dem Vulkan. Das Mädchen ging ins Haus und sah den Wichtel in der Küche herumwirtschaften. Felisande lag oben auf einem Regal, und jedes Mal, wenn Quendels roter Wichtelschopf in ihre Reichweite kam, schlug sie mit der Pfote danach.

"Felisandchen, Felisandchen", tadelte Quendel, "was kann ich denn dafür, dass wir ganz umsonst in den Bergen waren? Du hättest ja auch nicht mitkommen müssen. Aber neugierig, wie du immer bist..."

Die Katze reagierte darauf mit einem wütenden Pfotenhieb, und Quendel duckte sich schnell.

"Du hast also nichts erfahren in den Bergen?" fragte das Mädchen.

"Nein, durch die Berge führt der Weg ins Land der Dämmerung nicht. Morgen gehe ich zum großen Fluss."

Als das Mädchen am nächsten Morgen zur Felsgrube kam und die Stelle sonnenbeschienen wiederfand, an der die Schaufel im Boden steckte, atmete sie erleichtert auf.

"Es ist tatsächlich Feuerstein!"

"Feuerstein ist es fürwahr,
pechschwarz und kupferrot,
doch jetzt mit deinen Kräften spar,
du schuftest dich noch tot!"

"Quendel tut etwas für mich, dafür tue ich etwas für ihn. Das war bei den anderen Wichteln doch auch so!"

"Wühlen tust du in Dreck und Sand,
nun überleg doch mal:
er reist vergnügt durchs ganze Land,
für dich ist's eine Qual."

Das Mädchen nahm die Schaufel. Und wenn es für sie eine Qual war, was machte das schon? Hauptsache, Quendel war bereit, ihr zu helfen. Sie grub den großen Feuerstein so gut es ging aus und schleuderte die Erde weit hinter sich. Es war ein Prachtstück von einem Feuerstein und das Mädchen war froh, dass sie ihn gefunden hatte. Mit der Hacke spaltete sie ihn in mehrere Teile, die klein genug waren, dass sie sie aufheben konnte.

Es war schon Nachmittag, als sie zu dem roten Haus ging und Quendels Leiterwagen aus dem Schuppen holte. Sie zog ihn zu der Felsgrube, füllte ihn mit Feuersteinen und zerrte ihn mühsam wieder zurück. Nachdem sie die Steine neben der Schuppenwand aufgehäuft hatte, ging sie die nächste Fuhre holen. Als sie mit der fünften und letzten Fuhre zurückkam, war Quendel wieder da und bereitete das Abendessen vor.

"Lass mich raten", sagte das Mädchen resigniert. "Am großen Fluss weiß auch niemand, wo das Land der Dämmerung ist."

"Genau!" rief Quendel. "Schon beim ersten Mal raten gleich ein Volltreffer!"

"Und der einzige andere Weg ist sehr gefährlich und dort leben grässliche Monster, die die dich in wer weiß was verwandeln..."

"Nö." Quendel schüttelte bedauernd den Kopf. "Der einzige andere Weg ist öde und langweilig. er führt durch einen Wald zu einem See. Schluss. Habe ich alles schon erforscht."

Er rührte mit dem Holzlöffel in der Kupferpfanne.

"Morgen gehe ich noch mal los", versprach er. "Vielleicht ist ja der Weg durch den Wald der richtige."

"Danke, Quendel."

"Aber bütte, bütte", näselte er affektiert. "Teller her, Teller her! Essen fassen!"

Quendel und Felisande waren kaum aufgebrochen, da machte sich das Mädchen an die Arbeit. Sie spaltete die Feuersteine, bis es nur noch faustgroße Stücke waren. Im Schuppen stand ein großer Schleifstein, an dem sie die Stücke schliff, bis man sie gut in der Hand halten konnte. Mit den Füßen trampelte sie auf dem Trittbrett herum, was den Schleifstein in Bewegung hielt, mit den Händen hielt sie den Feuerstein, der Funken sprühte, wenn er den Schleifstein berührte.

Manche Feuersteine brachen in viele kleine Stücke auseinander, wenn sie versuchte, sie zu schleifen, und manche behielten trotz aller Mühen scharfe Kanten, an denen man sich verletzen konnte. Ihre Hände wurden mit schwarzrotem Glimmerstaub überpudert, und außerdem biss der Staub in den Augen und verstopfte ihre Nase. Das Mädchen wollte aber seine Aufgabe unbedingt erfüllen, und so machte sie erst am frühen Nachmittag eine Pause.

Sie trat vors Haus, füllte einen Eimer mit Wasser aus Quendels Regenfass und wusch sich den Staub aus den Augen. Das kühlte und tat gut. Als sie den Kopf hob, bemerkte sie in einem Bohnenfeld in der Nähe einen orangefarbenen Fleck. Ob Felisande schon zurückgekehrt war?

Das Mädchen trocknete sich ab und ging zwischen den Bohnenreihen hindurch auf den Fleck zu. Es war tatsächlich Felisande - und Quendel! Sie lagen Arm in Arm in einer sonnigen Furche und schliefen.

"Quendel!" rief das Mädchen überrascht.
Der Wichtel wachte auf und gähnte.
"Ich hab' von Clover und Daucus geträumt", murmelte er schlaftrunken, "Musstest du mich denn gerade jetzt wecken?"
"Ich dachte, du wärest unterwegs um den Weg ins Land der Dämmerung zu finden!"
"Hab' ihn gefunden. Heute morgen schon."
"Und warum hast du mir das nicht gesagt?"
"Ach, weißt du", Quendel stand auf und scharrte mit einer Fußspitze auf dem Boden herum, "du hast so schön gearbeitet, da wollte ich dich nicht stören."
"Weil du so rücksichtsvoll bist", sagte das Mädchen ironisch.
"Ja, genau. Das bin ich. Quendel, der Rücksichtsvolle."
Er ging vor dem Mädchen her zum Haus hinüber und Felisande folgte den beiden.
"Das Land der Dämmerung ist ganz nah. Es liegt hinter dem Wald, von dem ich dir erzählt habe. In dem See ist eine Insel und auf der Insel liegt dann das Land der Dämmerung."
"Aber das ist ja wunderbar!" freute sich das Mädchen. Sie war schon so lange unterwegs und jetzt war das Land der Dämmerung endlich in greifbare Nähe gerückt.
Quendel kochte ein frühes Abendessen und während sie aßen, zappelte das Mädchen vor Ungeduld. Sie wollte das Land der Dämmerung sehen! Der Feuerwichtel betrachtete sie kopfschüttelnd und sagte in seinem strengen Großmutterton: "Kind, hopse hier nicht so herum, als hättest du Hummeln in der Hose. Sitz still und iss!"
Nach dem Essen wollte sich das Mädchen verabschieden. Doch Quendel inspizierte erst die Arbeit,

die sie geleistet hatte und ließ sich, ihrer ungeduldigen Meinung nach, viel zuviel Zeit dazu.

"Das hast du gut gemacht", urteilte er, "hab' vielen Dank dafür."

"Aber bütte, bütte!" ahmte das Mädchen ihn nach und beide lachten.

"Hier, ich gebe dir meine Feuersteine", Quendel reichte ihr zwei vollkommen geschliffene Steine, die perfekt in der Hand lagen, "weil du so ungemein fleißig warst. Tu sie in deinen Korb zu dem hellblauen Kleid."

"Woher weißt du, dass ich ein hellblaues Kleid in meinem Korb habe?"

"Ich hab's anprobiert. Aber es war mir zu lang."

Das Mädchen musste lächeln, als sie sich Quendel in dem Kleid vorstellte.

"Und jetzt lauf schnell", Quendel stupste sie mit beiden Händen Richtung Wald, "dann kommst du heute noch ins Land der Dämmerung."

Das Mädchen nahm den Korb, packte die Feuersteine zu dem blauen Kleid und machte sich auf den Weg.

Nuphar Nymphea

Anna schob den leeren Teller zurück. War der Bohnentopf vielleicht doch etwas zu pfeffrig gewesen? Aber lecker war er doch. Sie holte eine Flasche Mineralwasser und goss sich ein großes Glas voll ein. Die Kohlensäurebläschen perlten an die Oberfläche und plötzlich leuchteten Regenbogenfarben im Glas, weil Sonnenlicht durch das Fenster fiel.

Als Kind war sie oft mit ihren Eltern zelten gewesen und hatte eine besondere Beziehung zum Wasser aufgebaut. Nicht nur, dass sie stundenlang darauf herumpaddelte; das Trink-, Spül- und Waschwasser musste mehrmals am Tag von einer Kuhtränke geholt werden, die man erst nach einem Marsch am Seeufer entlang zwischen Schilf und Weidezaun erreichte. Auf diesem schmalen Pfad scheuchte man unbeabsichtigt Enten auf, hörte Fische im seichten Wasser plätschern und sah rote Schmalböcke auf den Schafgarbendolden und schillernde Blattkäfer den Weg kreuzen.

Vielleicht war es diese Erfahrung, die sie das Wasser nie als selbstverständlich hinnehmen ließ. Wasser war kostbar. Sie hob das Glas ins Licht und trank.

Als es Abend wurde, kam das Mädchen zu einem großen See. Am Ufer standen hohe Bäume, der Waldboden war fast schwarz und es roch nach Erde und Wasser. In der Mitte des Sees lag eine Insel; manchmal konnte man sie erkennen, dann wieder war sie in Nebel gehüllt.

Das Mädchen setzte sich ans Seeufer. Sie sah ruhig zu, wie der Abendhimmel im Westen von flammendorange langsam zu heller Aprikosenfarbe verblasste und die Nebel über dem Wasser noch dichter wurden. Sie fühlte sich ziemlich allein und dachte an die Wichtel; sie hätte sie alle gerne bei sich gehabt. Clover, damit sie von ihm lernte, der Erde zu vertrauen, Daucus, damit er ihr Mut machte, Veränderungen zu ertragen und Quendel, um ihre Reise als Spaß und Abenteuer zu erleben.

"Wenn Quendel sich nicht getäuscht hat", sagte das Mädchen, "muss ich zu der Insel dort drüben."

Das Bernsteinmännlein rumorte in seinem Anhänger herum.

"Gib dir keine Mühe", lachte das Mädchen. "du findest keinen Reim auf 'getäuscht'."

"Bevor du solchen Scherz ersinnst,
kannst du mir vielleicht sagen,
ob du mit mir hinüber schwimmst,
das wär' kaum zu ertragen."

"Nein, so weit kann ich nicht schwimmen. Und noch dazu im Dunkeln."

Dann fiel ihr etwas ein. Sie betrachtete den gro8en Kartoffelkorb genauer; versuchte erst, auf einem Bein balancierend, darin zu stehen, weil für den anderen Fuß kein Platz im Korb war, dann setzte sie sich in den Korb und ließ die Beine über den Rand baumeln. Sie stand wieder auf, breitete das blaue Luftseidenkleid aus und band es mit dem Gürtel ganz fest in der Mitte zusammen. Sie ging am Ufer entlang und suchte im schwindenden Licht nach festem Schilf; sie lief in den Wald und suchte nach Lianen oder Luftwurzeln - doch sie kam nur mit einem Arm voll trockenem Holz zum Lagerplatz zurück und setzte sich enttäuscht auf den Boden.

"Nichts zum Binden", murmelte sie, "nichts zum Festmachen."
"Glaubst du, ich wär' davon entzückt,
spingst hier herum wie wild,
du machst mich noch total verrückt,
setzt du mich nicht ins Bild."
Das Mädchen überhörte das Bernsteinmännlein.
"Es bleibt mir nichts anderes übrig."
Seufzend machte sie sich daran, das Oberteil des Kleides und die langen Ärmel in Streifen zu reißen. Das war entsetzlich schwer, denn das Gewebe war stark und fest, wenn auch fast so leicht wie Luft. Mit einem spitzen Ästchen machte sie Löcher in den Rocksaum, zog die Stoffstreifen hindurch, flocht sie zu haltbaren Bändern und befestigte sie am Kartoffelkorb. Den Korb band sie an zwei dicken Bäumen fest. Sie holte Quendels Feuerstein hervor und entfachte ein Holzfeuer am Ufer. Als es hoch genug brannte, zog sie den Rock des himmelblauen Kleides über die Flammen und er füllte sich langsam mit heißer Luft, stieg hoch wie ein Ballon und wurde zusehends praller, hob den Korb an und zerrte an den Halteseilen.

"Sag mir, dass das nicht das ist,
was ich darin sehe,
sag mir, dass du nicht irr' bist,
bevor ich untergehe."

"Ein Heißluftballon!" sagte das Mädchen stolz. "Merkst du nicht, dass der Wind jetzt gerade günstig steht? Morgen könnte er schon gedreht haben, und dann kommen wir nie zur Insel!"

Sie wartete, bis das Feuer anfing, niederzubrennen, schwappte schnell mit beiden Händen Seewasser darüber, damit es keinen Waldbrand entfachen konnte, zog sich zum Ballon hinauf, ließ sich in den Korb plumpsen und löste die Seile von den Bäumen. Der Ballon stieg, aber nicht so hoch wie sie gehofft hatte. Und der Wind blies auch nicht stark genug, um sie schnell zur Insel hinüber zu tragen.

Es war ein langsamer Flug über den stillen See. Das Mädchen sah am östlichen Himmel die ersten Sterne blinken.

"Es ist schön hier, nicht?" fragte sie leise. "So friedlich und ruhig."

"Ruhig? Friedlich? Ach herrje!
Es scheint, du hast Humor!
Bevor ich mit dir baden geh',
schlag schnell was andres vor!"

Das Bernsteinmännlein hatte Recht, der Ballon verlor an Höhe und bald würden sie im Wasser landen. Das Mädchen sah zu der Insel hinüber, die als dunkler Schatten auf dem Wasser lag und sah, dass sie schon über die Hälfte der Strecke geschafft hatten.

"Soweit kann ich bestimmt schwimmen. Aber im dunklen Wasser, und wer weiß, was alles darin herumschwimmt..." Sie schüttelte sich. "Es hilft nichts, wir gehen baden. Mach dich bereit für den großen Platsch."

Sie hob die Füße an. Der Boden des Korbes streifte schon die Köpfe der Seerosen. Doch dann sah sie etwas auf sich zutreiben. Sie konnte es kaum glauben, aber sie träumte nicht, es war da, und es kam, um sie zu retten.

Es war ein großes Floß aus Haubentauchernestern, das leicht und geräuschlos über das Wasser glitt. In manchen der Nester saßen Haubentaucher, in anderen wuchsen gelbe Lilien, die vor Licht strahlten und leuchteten wie goldene Lampen. In der Mitte des Floßes saß ein

Wichtel. Sein Haar war dunkelrot und stand nicht in einem Schopf nach oben wie die hellroten Haare der Wichtel, die sie schon kannte, sondern fiel glatt hinter den Ohren bis auf den Rücken hinunter. Er trug ein helles, blaugraues Gewand und eine Kette aus kleinen Muscheln.

"Der Wasserwichtel", flüsterte das Mädchen.

Als das Floß gegen ihren Korb stieß, stemmte sie sich hoch und krabbelte hinüber. Da er nun ihr Gewicht nicht mehr tragen musste, stieg der Ballon wieder auf und trieb mit dem Wind davon.

"Mein Korb! Mein Kleid, meine Feuersteine!"

"Du wirst sie nicht mehr brauchen", sagte der Wasserwichtel sanft.

"Vielleicht nicht, aber sie waren doch Geschenke von Clover, Daucus und Quendel!"

"Die werden froh darüber sein, dass ihre Geschenke dir einen so guten Dienst erwiesen haben."

Das Mädchen streckte sich auf dem Floß aus, sah in den Himmel und weinte ein bisschen, ganz für sich, still und leise. Sie weinte ein wenig um die verlorenen Wichtelgeschenke, ein wenig, weil sie sich leid tat, ein wenig, weil ihre Reise so lang war und sie müde wurde, und ein wenig aus Erleichterung darüber, dass sie nun nicht im dunklen kalten Wasser schwimmen musste. Aber am meisten weinte sie, weil es gut tat, einfach dazuliegen und zu weinen. So gut, wie ein sanfter Regen nach langen Wochen der Trockenheit.

Als ihre Tränen endlich versiegt waren, setzte sie sich auf und sah sich um. Das Floß trieb langsam zu der Insel hinüber. Der Wichtel sah sie ruhig an.

"Ich bin Nuphar Nymphea."

"Du bist der Wasserwichtel?"

"Ich bin, was ich bin", lächelte Nuphar, "und für dich bin ich, was du in mir siehst."

Das Mädchen staunte. Ein mystischer Wichtel! Und das nach den drei quirligen Wichteln, die sie schon getroffen hatte.

"Du hast gar nicht gefragt, wer Clover, Daucus und Quendel sind", sagte das Mädchen.

"Ich kenne sie alle drei."

"Aber sie kennen dich nicht, und sie kennen sich noch nicht einmal untereinander!"

"Jetzt kennen sie sich", sagte Nuphar, "Daucus ist auf Perdix zu Clover geritten und als sie beide zurück ins Luftwichtelland kamen, haben sie Quendel dort getroffen. Du hast die drei zusammengebracht."

"Woher weißt du das alles?"

"Mein Element ist das Wasser. Ohne meine Quellen und Flüsse könnten in Clovers Land die Kartoffeln nicht wachsen. Ohne meine Wolken würde es in Daucus Land niemals regnen und Quendels Bohnenpflanzen würden ohne Wasser vertrocknen. Ich bin überall."

"Warum kennen sie dich dann nicht?"

"Sie kennen mich nicht, weil sie mich nicht kennen sollen. Wenn du sie noch mal wieder siehst, darfst du ihnen nichts von mir erzählen. Eines Tages werden sie vielleicht auf die Suche gehen und mich finden, aber dabei darf ihnen niemand helfen. Es wird zur rechten Zeit geschehen, nicht früher."

Das Mädchen wurde schläfrig von der wiegenden Bewegung des Floßes auf dem Wasser, dem kaum hörbaren Plätschern und der ruhigen Stimme Nuphar Nympheas.

"Wie schaffst du es, dass die Lilien so leuchten?" fragte sie gähnend.

Nuphar zog einen Blütenkelch heran und das Mädchen sah hinein.
"Glühwürmchen?"
"Glühwürmchen und Irrlichter. Ich gebe ihnen hier einen Platz, um auszuruhen, und sie leuchten für mich."
"Nuphar, weißt du, ob ich ein Kind der Sonne oder des Mondes bin?"
"Aber ja", sagte Nuphar und das Mädchen setzte sich überrascht auf. "ich bin ein Kind des Wassers, ich weiß viel."
"Kannst du es mir sagen?"
"Das musst du entscheiden."
"Dann sag es mir!"
"Langsam, langsam," Nuphar breitete lächelnd die Arme aus, "denke nach."

Das Mädchen glaubte, sie wäre viel zu aufgeregt, um nachzudenken. Nuphar wusste, ob sie ein Kind der Sonne oder des Mondes war! Sie würde es jetzt und hier erfahren, mit dem Floß zurückfahren und zu dem Bären gehen. Und dann...

Und das Land der Dämmerung? Sie sah zu der Insel hinüber. Nie würde sie das Land der Dämmerung kennen lernen. Das letzte Land auf dem Wegweiser, das wichtigste Land, zu dem sie nun schon so lange unterwegs war.

"Wenn du es mir sagst", fragte das Mädchen zaghaft, "meinst du, der Bär ist dann zufrieden? Wenn ich weiß, ob ich Sonnen- oder Mondkind bin?"

"Denke nach", wiederholte Nuphar und fasste ihre Hand.

"Wenn du es siehst aus meiner Sicht,
   gibt es noch nichts zum freuen,
   geh' in die falsche Richtung nicht,

wir würden es bereuen."

"Schsch!" machte Nuphar und das Bernsteinmännlein schwieg.

Das Mädchen starrte in den Sternenhimmel. Sie sah sich auf dem Weg zurück: Zuerst wäre sie froh, die Antwort gefunden zu haben, dann begännen die nagenden Zweifel. Wenn Nuphar ihr die falsche Antwort gegeben hätte? Sie würde es nicht spüren, ob die Antwort richtig wäre oder nicht. Sie fühlte selbst nicht, ob sie ein Sonnen- oder Mondkind war. Sie müsste sich darauf verlassen, dass Nuphar es ganz sicher wusste und auch nicht log. Und das Land der Dämmerung? Was war damit? Sie würde sich den Rest ihres Lebens den Kopf zermartern, wie das Land der Dämmerung wohl aussah. Schließlich war sie durch so viele Länder gekommen. Und bei dem letzten, dem entscheidenden, sollte sie aufgeben?

Das Mädchen bekam einen Schreck, als sie daran dachte, dass ihr jemand die Antwort auf ihre Frage schon früher gegeben hätte. Wenn Staubeputtel es ihr gesagt hätte, wäre sie nicht im geheimnisvollen Land gewesen, nicht beim Löwen oder Boobuu, und die Wichtel hätte sie alle nie kennen gelernt. Nein, sie wollte die Antwort nicht einfach so bekommen. Sie musste die Antwort selber spüren, sonst war sie wertlos.

"Sag es mir nicht", entschied sie, "ich will es selbst herausfinden."

"Der richt'ge Weg ist ausgesucht,
bin jetzt von Herzen froh!
Das Bärchen hätt' uns sonst verflucht,
ich fürchtete mich so!"

Glücklich, diese Entscheidung getroffen zu haben, wollte das Mädchen sich noch mit Nuphar unterhalten,

aber der Wasserwichtel legte ihr die Hand auf die Stirn und sagte:
"Du musst jetzt ausruhen. Ich bin stolz auf dich."
Das Mädchen atmete tief und wurde ganz still. Sie war nicht ganz wach, aber sie schlief auch nicht. Sie dachte nicht an ihre Suche, nicht an ihre Frage und nicht an das Land der Dämmerung. Ihre Träume waren golden wie die Lilien, bläulich und fließend wie das Gewand Nuphar Nympheas, sternenbestickt wie der Nachthimmel über ihr.

Im allerersten Morgenlicht stieß das Floß an das Inselufer. Das Mädchen stand auf. Sie fror, sie war ängstlich und hatte schlechte Laune. Die Lilien verströmten weder Licht noch Wärme, alles war grau wie der Nebel, der über Land und See lag. Sie betrat das Ufer, schlang die Arme um sich, damit ihr wärmer wurde und starrte finster in den Nebel. Hätte sie sich doch nur die Antwort geben lassen, dann wäre sie schon längst wieder bei Quendel, wo es bunt und warm war.

Nuphar stellte sich neben sie und berührte ihre Hand. Niemand sprach, doch das Mädchen spürte immer deutlicher, wie Nuphar diesen Morgen sah und wie man ihn sehen sollte. Am östlichen Horizont stieg die Sonne empor, die den Nebel lichten und auflösen würde. Die Wassertropfen an den Grashalmen und in den Spinnetzen begännen bald zu funkeln und Licht zu sprühen wie Diamanten.

"Was das Land nicht trinkt", raunte Nuphar, "trinkt die Sonne. Sieh genau hin. Der Nebel ist wichtig. Spürst du, dass der Nebel wichtig ist?"

Das Mädchen spürte es. Und weil sie es spürte, war der Nebel nicht mehr ein kaltes, feuchtes Übel, sondern ein

Versprechen, ein geheimnisvoller Schleier. Sie streckte die Arme aus.

"Ich wusste nicht, dass der Nebel so sein kann."

"Er ist nicht anders als vorher", sagte Nuphar, "als du ihn für abscheulich gehalten hast. Du musst immer ganz genau hinsehen. Die Wahrheit erkennst du erst nach dem zweiten oder dritten Blick."

Nuphar drehte sich um und deutete mit der Hand.

"Du musst in dieser Richtung durch den Nebel gehen. Dort findest du das Land der Dämmerung."

Das Mädchen blickte in die angegebene Richtung, und als sie sich wieder umdrehte, waren Nuphar und das Floß lautlos im Nebel verschwunden.

"Nuphar!" rief sie, "Ich danke dir!"

"Es ist, wie es ist", klang es über das Wasser. "Es war, wie es war. Was sein wird, wird sein."

"Toller Abgang eines mystischen Wichtels", murmelte das Mädchen und ging durch den Nebel auf das Land der Dämmerung zu.

Das Land der Dämmerung

Herr Berger stand vom Tisch auf, an dem er, seine Frau und Anna Tee getrunken und Kuchen gegessen hatten.
"Ich glaube", sagte er und sah prüfend aus dem Fenster, "das Wetter hat sich so weit gebessert, dass wir noch ein bisschen raus gehen können."
Anna ging in ihre Wohnung hinüber, zog sich feste Schuhe und eine dicke Jacke an. Vor dem Haus packte sie ein kalter Wind und Frau Berger musterte Anna besorgt.
"Bist du auch warm genug angezogen?"
"Aber ja", sagte Anna mit Nachdruck.
Sie gingen zum See hinunter. Er war schiefergrau und der Wind fegte darüber hin, sodass ständig kleine Wellen, die manchmal sogar Schaumkronen hatten, ans Ufer klatschten.
Anna schlug den Kragen ihrer Jacke hoch und vergrub die Hände in den Taschen. Sie mochte windiges Wetter. Jedes Mal, wenn die Sonne eine Lücke zwischen den Wolken gefunden hatte, wanderte ein strahlender, schräger Lichtkegel über See und Land.
Vera Berger hängte sich bei ihrem Mann und Anna ein.
"Wir gehen doch nicht mehr weit, oder?" fragte sie fröstelnd. "Das Wetter ist so ungemütlich."

"Also wirklich", sagte das Mädchen, als sie aus dem Nebel trat und das Land der Dämmerung sah, "nie ist ein Land so, wie ich es mir vorgestellt hatte!"

Das Land war ganz nett, aber nichts Besonderes. Die Sonne schien und das Mädchen ging einen lehmhellen Weg entlang, der sachte abwärts durch grüne Wiesen führte.

"Warum heißt das Land nur das Land der Dämmerung? Ich dachte, weil es hier immer dämmerig ist. Oder soll mir hier was dämmern? Dämmert dir was?"

"Du glaubst, du wärst besonders schlau,
           das hilft dir hier nicht, leider;
   musst kennen erst das Land genau,
           nun geh und forsche weiter!"

"*Weider* musst du sagen", kicherte das Mädchen, "wenn es sich auf *leider* reimen soll. Oder du musst *leiter* sagen, damit es sich auf *weiter* reimt."

"Ich werde herzensfroh bald sein,
           bin ich dich wieder los;
   ist dein Verstand auch winzig klein,
           im Spotten bist du groß!"

"Ich wollte dich nicht verspotten. Es ist nur manchmal lustig, wenn du ein bisschen falsch reimst."

Das Bersteinmännlein antwortete nicht.

Während das Mädchen so dahinging, fiel ihr auf, dass sie immer leicht bergab ging, auf den Nebel zu, aus dem sie gekommen war.

"Was ist das für ein Nebel? Ist das der Nebel, der mich im Land des Löwen beinahe erwischt hätte?"

"Nein, Mädchen, denn der Nebel dort,
           ist Grenze und auch Wehr,
   betrittst du ihn, so bist du fort,
           hast keine Chance mehr."

"Und aus diesem hier bin ich gekommen und kann auch wieder hineingehen", schloss das Mädchen aus den Worten des Bernsteinmännleins. Aber sie wollte ja nicht zurück in den Nebel, sondern weiter ins Land hinein, und so versuchte sie, einen Weg zu finden, der vom Nebel weg führte. Das war gar nicht so einfach. Immer wenn sie dachte, sie hätte einen Weg in das Land gefunden, merkte sie nach einer Weile, dass sie wieder abwärts auf den Nebel zuging. Es stellte sich ihr nichts in den Weg, es gab keine Hindernisse - trotzdem ging sie immer wieder auf den Nebel zu. Als ob sich das ganze Land verschöbe und veränderte, nur damit sie dem Landesinneren nicht zu nahe käme. Das Mädchen setzte sich unter eine Birke, lehnte sich an den schwarzweißen Stamm und überlegte.

Bisher hatte kein Land sie auf diese Weise abgewiesen. Alles, was sie tat, um tiefer in dieses Land hinein zu kommen, brachte sie wieder hinaus. Im gastlichen Land hatte sie sich zu erkennen geben müssen, damit es sie hineinließ; aber sie war ja schon im Land drinnen, es lag offen und klar um sie herum, sie konnte dahin gehen, wohin sie wollte, nur landete sie irgendwie immer wieder am nebeligen Rand.

Das Mädchen beobachtete, dass manchmal Menschen aus dem Nebel auftauchten. Sie sahen sich um, dachten vermutlich, was auch sie gedacht hatte: dass es ganz nett hier wäre, aber nichts besonderes, und ehe sie es richtig bemerkten, waren sie auch schon wieder im Nebel verschwunden.

Vielleicht konnte man das Land überlisten? Das Mädchen stand langsam auf, machte dann schnell fünf große Sätze ins Land hinein, warf sich dann ins Gras und blieb regungslos liegen. Nach einer Weile hob sie den Kopf und lugte vorsichtig über die Halme hinweg zum Nebel hinüber. Er schien tatsächlich weiter weg zu sein. Sie versuchte es noch einmal, machte ein paar große

Sätze und blieb wieder ganz still hocken - und es funktionierte. Der Nebel rückte immer weiter in den Hintergrund.

"Glaub nicht, dass es dich übersieht,
das dämmerige Land,
doch Neugier jetzt wohl überwiegt,
vielleicht hat's dich erkannt."

Das Mädchen wollte fragen, ob das Land sie denn schon einmal getroffen hätte, aber das Bernsteinmännlein ließ sie nicht zu Wort kommen.

"Und wenn du mir jetzt wieder sagst,
dass dieser Reim nicht gut,
dass *siehst* auf *wiegt* du gar nicht magst,
bekomme ich die Wut."

"Das ist mir diesmal gar nicht aufgefallen", sagte das Mädchen, "außerdem ist es mir immer noch lieber, du reimst falsch, als dass du überhaupt nichts sagst."

Sie drang weiter ins Landesinnere vor. Ein paar große Sätze, eine reglose Pause, auf die wieder ein paar große Sätze folgten.

"Was ist denn da los?" murmelte sie, als sie vor sich eine dunkle Wolkenfront erblickte. Sie vergaß ganz ihre Sprüngetaktik und ging normal weiter, auf die Wolken zu.

Schließlich stand sie vor einer Felsenkluft, über der ein Gewitter tobte. Blitze zuckten über die Felsen, ohrenbetäubender Donner rollte darüber hin, und Regen peitschte herunter. Das Mädchen sah diesem Unwetter zu und begann zu verzweifeln. Wie sollte sie jemals diese Gewitterkluft überwinden? Umgehen konnte sie sie wahrscheinlich nicht, denn die Kluft zog sich kilometerweit nach links und rechts, ein Ende war nicht abzusehen.

Das Mädchen wartete eine Weile, ob sich das Gewitter verziehen würde, doch das tat es nicht, es tobte mit gleicher Heftigkeit weiter. Sie kroch auf allen Vieren näher an die Felskante heran, und der Regen traf sie mit voller Wucht. Im Schein der zuckenden Blitze sah sie in die Tiefe hinab. Sie sah die Spalten und Risse im Fels, die Überhänge und die losen Steine, die manchmal in die Kluft hinabpolterten. Es gab keine andere Möglichkeit, sie musste es wagen und versuchen, in die Kluft hinein und auf der anderen Seite wieder hinaus zu klettern.

Sie würde es wahrscheinlich nicht schaffen. Wenn sie der Blitz nicht erwischte, würde sie von den glitschigen Felsen abrutschen. Doch die einzigen andere Möglichkeit wäre umzukehren, wenn sie nicht bis in alle Ewigkeit hier sitzen bleiben wollte.

"Es hilft alles nichts", sagte das Mädchen, "ich muss dadurch."

Sie blickte nach unten, fand eine Stelle, wo sie ihre Füße hinsetzen konnte und schob sich langsam über den Rand der Kluft. Jeden Augenblick erwartete sie, vom Blitz erschlagen zu werden, aber es passierte nichts; sie fand Halt für ihre Hände und Füße, tastete sich weiter nach unten und versuchte, wie ein Gecko förmlich an der Wand zu kleben.

Verwundert bemerkte sie, dass nicht einmal Regen und Wind sie mehr trafen. Das Unwetter tobte um sie herum, doch sie bleib davon verschont, als steckte sie in einer großen Glaskugel.

"Mein Kind, sieht aus, als hätten wir
- doch ob es nur so scheint? -
das Glück, dass dieses Land uns hier
mehr mag als ich gemeint."

"Ja, nicht wahr?" strahlte das Mädchen. "Es mag uns, das Land der Dämmerung."

Es war gar nicht so schwierig, nach unten in die Kluft zu klettern und an der anderen Seite wieder heraus. Das Mädchen musste sich nur konzentrieren und genau aufpassen, wohin sie die Füße setzte, und wo sie sich mit den Händen festhielt. Sie konnte sich keine falsche Bewegung erlauben, sonst wäre sie abgestürzt.

Sie zog sich auf die Felskante an der anderen Seite der Kluft hinauf, kroch ein Stück weiter und blieb erschöpft liegen. Kamillenblüten und Mohnblumen nickten in ihr Gesicht. Über der Felskluft tobte immer noch das Unwetter, doch diese Sommerwiese lag friedlich im Sonnenschein.

"Mädchen, du musst weitergeh'n,
hör, was ich dir sage,
erst müssen wir die Mitte seh'n,
dann stellst du deine Frage."

Das Mädchen rappelte sich aus dem Gras hoch.

"Warum ist es denn so eilig? Im Land des Löwen hatte ich so lange Zeit."

"Glaub nicht, dass das hier anders ist,
wirst viel Zeit hier verbringen.
Erst wenn du in der Mitte bist,
wird Wahrheit zu dir dringen."

"Dann ist es also noch weit bis zur Mitte", seufzte das Mädchen, "und ich dachte, ich wäre jetzt bald da."

Sie stand auf, wandte dem Unwetter den Rücken zu und ging weiter in das Land hinein. Nach einer Weile drehte sie sich um - die Felskluft lag weit hinter ihr, sie brauchte sich also nicht mehr in großen Sprüngen mit Pausen fortzubewegen. Nachdem sie die Felskluft durchquert hatte, schien das Land der Dämmerung sie nicht mehr abschieben zu wollen.

Hinter der Wiese lag ein Wald, und das Mädchen spazierte fröhlich zwischen den Bäumen, denn sie liebte Wälder. Dieser Wald jedoch war anders als alle anderen, die sie kannte, und langsam verging ihre Fröhlichkeit. Die Bäume wuchsen immer dichter zusammen und hatten nur noch ganz oben Blätter an den Zweigen, die ein so dichtes Dach bildeten, dass kaum noch Licht nach unten drang. Es war düster im Wald. die Bäume griffen mit schwarzen, abgestorbenen Zeigen nach dem Mädchen, hielten ihr Kleid fest und rissen an ihren Haaren. In dem kränklichen, grauen Licht, das aus dem Boden zu dringen schien, wirkte der Wald noch bedrohlicher. Es wurde kalt und das Mädchen fror.

"Ich d-d-dachte, d-d-das L-L-Land m-m-mag uns", bibberte sie und hauchte in ihre kalten Hände. Das Bernsteinmännlein gab keine Antwort.

"Typisch. Immer, wenn es schwierig wird, kann ich sehen, wie ich alleine damit fertig werde."

Plötzlich bemerkte sie, dass sich vor ihr im Wald etwas bewegte. Sie blieb stocksteif stehen. Es schlängelte sich und atmete ruhig und war dick wie ein Baumstamm. Das Mädchen sah Flecken und Muster auf dem langen Leib, und dann sah sie auch den Kopf - den Kopf einer riesigen Schlange mit den starren Augen und der gespaltenen Zunge, die zitternd in der Luft tastete. Das Mädchen war stumm vor Entsetzen und drehte sich um, weil sie davonrennen wollte.

Doch hinter ihr hatten zwei Spinnen, groß wie Suppenteller, ein dichtes Netz gesponnen. Sie saßen mit ihren haarigen Beinen und traubenartigen Augen mitten im Netz und warteten auf sie. Das Mädchen drehte sich zur Seite, doch dort war der Wald so dicht, mit so mörderisch spitzen, toten Ästen, dass es dort kein Durchkommen gab. Von drei Seiten eingeschlossen, wollte sie in die einzige Richtung rennen, die noch frei war, doch auch dort bemerkte sie mit Schrecken eine Bewegung im dunklen Wald.

Es kam auf sie zu und richtete sich auf. Es hatte Schuppen wie ein Krokodil und auch ein Krokodilsmaul, doch der Kopf saß beweglich auf einem langen Hals und der mächtige Körper glich dem eines Dinosauriers. Ein Schuppenschwanz peitschte von einer Seite zur anderen. Es war ein Drache.

Als er näher herankam, sah das Mädchen, dass er mit grünem Schleim bedeckt war und sein Atem roch nach altem Rauch. Sie wich zurück, soweit es ging; die spitzen Äste bohrten sich in ihren Rücken.

Gurgelnd und keuchend holte der Drache Luft. Das Mädchen klammerte eine Hand um den Bernstein. Sie wusste, was jetzt kam, der Drache würde Feuer speien und sie verbrennen. Sie blieb wie angewurzelt stehen, sie konnte sich nicht zu dem Versuch überwinden, an den Vogelspinnen oder an der Riesenschlange vorbei vor dem Drachen zu flüchten. Die Spinnen würden sie beißen, in ihr Netz einwickeln und ihr das Blut aussaugen oder was immer Grässliches Spinnen mit ihren Opfern anstellten. Die Schlange würde fest zubeißen, sich um sie schlingen und sie langsam zerquetschen, bevor sie sie verschlingen würde. Sie drückte sich noch weiter in die spitzen Äste hinein und sah, wie der Drache näher kam.

Als ihr das Drachenfeuer entgegenfauchte, schloss sie die Augen und krümmte sich zusammen. Aber sie spürte keine Hitze. Sie spürte nur ihre würgende Angst und ihr Herz, das wild und schmerzhaft klopfte. Als sie die

Augen öffnete, sah sie, dass sie mitten im Feuer stand - doch das Feuer verletzte sie nicht! Das Feuer konnte ihr nichts anhaben, genauso wenig wie der Regen und die Blitze in der Felsenkluft.

Das Mädchen richtete sich wieder auf, doch da schoss der Drachen auf sie zu und wollte sie packen. Er hatte das Maul weit aufgerissen und das Mädchen konnte seine scharfen, dolchspitzen Zähne sehen. Reflexartig hob sie die Fäuste und schlug heftig auf die Drachennase, doch da war kein Widerstand; es gab keine Drachennase, sie traf nur leere Luft, ihre Arme gingen durch das Drachenmaul hindurch, als bestünde es aus Nebel. Und doch schlenkerte der Drachenkopf geifernd vor ihr hin und her auf seinem langen Hals. Das Mädchen raffte allen Mut zusammen, kämpfte ihr Entsetzen nieder und schlug noch einmal zu, während sie einen Schritt nach vorn machte. Wieder traf sie nur leere Luft, und ihr rechtes Bein stand mitten in der klauenbewehrten Drachentatze, ohne dass sie etwas davon spürte.

Sie tastete mit den Händen und fand nichts. Sie trat mit den Füßen und stieß auf keinen Widerstand.

"Er ist nicht wirklich... " stammelte sie aufschluchzend. "Ich sehe ihn, aber es gibt ihn nicht."

Kaum hatte sie das gesagt, verschwand der Drache.

Das Mädchen sank auf einem Baumstumpf zusammen, doch sie sprang sofort wieder auf, als sie das Schwanzende der Riesenschlange dicht an ihrem Fuß sah. Jetzt konnte sie flüchten, der Drache war fort, aber -

"Vielleicht... " flüsterte sie, zwischen Hoffnung und Entsetzen hin und her gerissen, "vielleicht existiert die Schlange auch nicht..."

Vorsichtig schob sie ihre Fußspitze vor. Sie war froh, dass sie das Schwanzende der Schlange vor sich hatte; sie hätte sich niemals dazu überwinden können, dem Schlangenkopf so nahe zu kommen. Die Fußspitze erreichte den Schlangenleib - und ging durch ihn hindurch.

"Es gibt auch keine wirkliche Schlange", schnaufte das Mädchen erleichtert, und die gefleckte Riesenschlange verschwand.

"Dann sind auch die Spinnen nicht echt."

Das Mädchen riss sich zusammen, überwand sich und berührte das Spinnetz. Sie fühlte nichts und das Netz verblasste.

"Und der Wald, dieser scheußliche Wald soll auch verschwinden. Auch er existiert nicht."

Sie lief auf das nächste verfilzte Ästegewirr zu, prallte schmerzhaft gegen das harte Holz und hätte sich beinahe aufgespießt.

"Au, verdammt!" rief sie und hielt sich die Seite, wo der spitze Ast sie getroffen hatte. Plötzlich hörte sie das Bernsteinmännlein leise kichern.

"Glaub mir, Kind, dass dieser Wald
anders ist als Drachen.
Doch verlassen wir ihn bald.
dann kannst du wieder lachen."

"Ach, dich gibt es auch noch?" fragte das Mädchen bissig. "Ich dachte, du wärst in Urlaub gefahren oder so."

Eine Weile setzte sie schweigend ihren Weg fort. Sie wollte nicht mit dem Bernsteinmännlein reden, sie war zu wütend. zuerst hatte es sie schmählich im Stich gelassen und dann noch über sie gelacht. Doch ihre Verwunderung über die überstandenen Gefahren ließ sie nicht los, und so fragte sie schließlich doch:

"Was ist los mit diesem Wald?"

"Die Schrecken dieses Waldes ruh'n

allein in einem selbst.
deshalb kann keiner dir was tun,
sobald du dich ihm stellst."
"Du meinst, ich hätte mir diese ekligen Monster selbst geschaffen?" grübelte das Mädchen. "Ja, das kann schon sein. Ich fürchtete, Spinnen, Schlangen und Drachen zu begegnen in diesem gruseligen Wald, und schon waren sie da. Warum hast du mir das nicht eher gesagt? Du wusstest es doch!"
"Ich wusst' es, so wahr ich hier lieg',
doch hätt' ich's dir gesteckt,
wär' dieser Wald für dich kein Sieg,
du hätt'st dich nicht erschreckt."
Das Mädchen dachte an die Schlange, die Spinnen und den Drachen, und sie konnte noch immer die Todesangst nachfühlen, die sie gehabt hatte.
"Weißt du, du solltest nur einmal aus deinem Bernstein herauskommen und dich vor mich hinstellen; ich würde dir eine knallen, dass du es noch in drei Wochen spürst."
"Ja, mein Mädchen, prahle nur,
das kannst du gar nicht schlecht,
doch wer mit Drachen so verfuhr,
hat dazu wohl das Recht."

Das Mädchen stapfte weiter durch den Wald, der jetzt lichter und freundlicher wurde. Die Bäume standen nicht mehr so dicht nebeneinander und hatten auch unten belaubte Zweige, deren helles Grün im Sonnenlicht leuchtete. Auf dem Boden blühte weiß der Waldsauerklee und ein klarer Bach plätscherte über den Weg. Das Mädchen trank und planschte ein bisschen herum. Dann setze sie sich auf den untersten Ast einer alten Eiche, den hell die Sonne beschien, und ruhte sich aus.

"Wie lange bin ich schon hier im Land? Gibt es hier auch keine Tage und Nächte?"

"Oh doch, dies Land hat Nacht und Tag,
auch wenn es nicht so scheint,
Tag ist's, wenn es das Leben mag,
Nacht ist nur, wenn es weint."

"Dann mag es also im Moment das Leben."

"Ach, Kind, das Land, es ist in Not,
mehr als wir beide meinen,
das Land, es lebt und ist doch tot,
kann nicht einmal mehr weinen."

Das Mädchen wurde nachdenklich und traurig, als es das hörte. Aber sie konnte nichts anderes tun, als ihre Reise fortzusetzen, denn wie hätte sie dem Land helfen können?

Das Wandern im Wald war eine reine Freude. Heller Sonnenschein fiel durch die Blätter und vergoldete den leichten Dunst, der um die Baumstämme zog. der Waldboden war weich und federnd unter den Füßen und das Mädchen glaubte, ewig so weiterwandern zu können, ohne müde zu werden.

Nach einer Weile sah sie in einer großen Buche ein Baumhaus auf halber Höhe des Stammes. Es hatte drei Wände und nur dreiviertel Dach, doch es schien nicht kaputt, sondern extra so gebaut worden zu sein. Das Mädchen wusste genau, dass die Wände verschiebbar waren, so dass man Sonnenlicht oder Schatten und Schutz vor Wind und Regen hatte, und es doch so war, als lebte man unter freiem Himmel. Sie hatte sich ein solches Baumhaus schon immer erträumt. Bei klarem

Himmel konnte man nachts die Sterne zwischen den Blättern sehen, bei Regen zog man sich das Dach über den Kopf und saß geborgen im Trockenen.

Das Mädchen ging zu der Buche hinüber. Die Äste des Baumes begannen ziemlich tief unten und so war es für sie möglich, sich hinaufzuziehen und zu dem Baumhaus hochzuklettern. Sie ließ den Stamm los und sprang auf die Plattform des Baumhauses - aber da war kein Holz, kein Halt; sie sauste durch die Plattform hindurch, sie kam nicht einmal dazu, zu schreien, sie fiel und plumpste unter dem Baum auf einen Fleck weicher Erde, der dazu noch mit einer Schicht alter Blätter gepolstert war. Sie lag auf dem Rücken und japste. Sie spürte, dass sie etliche blaue Flecke bekommen würde, aber ebenso spürte sie, dass sie sich nichts gebrochen hatte.

"Auch nicht real", keuchte sie, und das Baumhaus über ihr verschwand. "Was ist das bloß für ein Wald?"

"Triffst nicht nur deine Ängste hier,
    unter diesen Bäumen,
    begegnest, Mädchen, glaube mir,
    nun auch deinen Träumen."

Ein Baumhaus, wie sie es sich *erträumt* hatte. Genau. Stöhnend stand sie auf und humpelte weiter durch den Wald. Mit der Zeit ging es ihr besser, als ob dieses Land sie heilen konnte. Zweimal sah sie noch Baumhäuser, die dem ersten zum Verwechseln ähnlich waren, doch sie machte keinen Versuch mehr, zu ihnen hinauf zu klettern.

Auf einer Lichtung sah sie sich plötzlich einem Einhorn gegenüber. Es war weiß, es schimmerte und seine dunklen Augen waren ruhig und weise. Das Horn auf seiner Stirn schien aus Meerschaum gedrechselt, das Fell spiegelte so seidenweich das Licht, dass das Mädchen unwillkürlich die Hand ausstreckte, um es zu berühren, doch kurz davor zuckte sie zurück. Wenn das wieder einer ihrer Träume war, dann konnte sie es nicht berühren. Und wenn sie merkte, dass es nicht real war, würde es verschwinden. Sie wollte aber nicht, dass es verschwand.

"Guten Tag", sagte das Mädchen leise und war versucht, einen Hofknicks zu machen.

"Guten Tag", sagte das Einhorn, und seine Stimme war kristallklar.

"Ich kann mit dir sprechen?"

"Natürlich. Warum denn nicht?"

"Ich dachte, dass du einer meiner Träume bist..."

"Das bin ich auch", nickte das Einhorn und seine Seidenmähne floss in weichen Wellen hin und her.

"Hätte ich auch mit meinen Ängsten reden können? Mit dem Drachen?"

"Aber ja", sagte das Einhorn.

"Mist!" Das Mädchen war wütend. Sie hätte mit ihren Monstern reden können und hatte es verpasst!

Das Einhorn entfernte sich; langsam und federleicht streifte es durch das Gras der Lichtung.

"Kannst du nicht eine Weile bei mir bleiben?" fragte das Mädchen schnell.

"Nein. Seinen Träumen darf man nicht allzu lange nahe sein, dann lösen sie sich auf."

"Dann geh. Ich will nicht, dass du dich auflöst."

Das Einhorn glitt zwischen den Stämmen hindurch. Einige Zeit sah das Mädchen noch seinen weißen Schimmer, dann war es ganz verschwunden.

> "Musst dich beeilen, es wird Zeit,
> musst schnell weitergeh'n
> das Land der Träume ist zu weit,

um es ganz zu seh'n."
"Ja, ich geh ja schon." murrte das Mädchen.
Weit vor ihr ging jemand durch den Wald. Sie wurde neugierig und ging schneller. Manchmal sah sie zwischen den Stämmen etwas blaues, dann wieder war es weiß, schwarz, rot, grün, gelb oder lila, dann bunt gescheckt. Sie steigerte das Tempo und lief ein großes Stück, um den Farben näher zu kommen. Sie sah, dass dieser jemand, der vor ihr durch den Wald ging, einen langen Umhang trug, der ständig die Farbe wechselte. Wieder rannte sie ein Stück, aber sie kam ihm kaum näher. Er schritt sicher und schnell durch den Wald und sie folgte ihm schnaufend und rennend.

Als sie Seitenstechen bekam, blieb sie kurz stehen und wollte sich an einen Baum lehnen, doch der Stamm glitt an ihr vorbei. Komisch, dachte sie und erschrak, als sie sich umsah und bemerkte, dass alle Bäume, der ganze Wald an ihr vorüberglitt, als renne sie noch wie zuvor. Sie drehte sich um und versuchte, gegen den Strom zu laufen und dann, sich an einem Baum festzuhalten, doch sie kam nicht dagegen an, der Sog war zu stark.

"Was ist das nur?" fragte sie ängstlich, doch das Bernsteinmännlein schwieg sich wieder einmal aus.

Es war wie ein stark strömender Fluss, doch es war kein Wasser da. Es war wie ein Orkan, doch weder die Blätter an den Bäumen, noch ihr Kleid bewegten sich. Es war ein unsichtbarer Sog, wie die Kraft eines Magneten.

Der Traum mit dem farbenwechselnden Umhang war davon nicht betroffen, sie kam ihm näher, ohne zu laufen, sie holte ihn beinahe ein, doch er bog ab in eine andere Richtung. Sie rief und winkte, als sie an ihm vorüber gezerrt wurde und er drehte sich um und sah sie über die Schulter hinweg an. Es war ein dunkler Blick voll von unerschütterlichem Vertrauen - und das Vertrauen galt ihr, ihr persönlich, ihr allein. Das Mädchen schwieg und ließ die Arme sinken. Gestützt und bedrückt von diesem ruhigen Vertrauen eines ihrer Träume wurde sie in den dunklen Wirbel gezogen, der sich um die Mitte des Landes drehte.

Zuerst sah sie nichts und alles war schwarz. Sie spürte nur, dass sie sich mit dem Wirbel drehte. Doch dann sah sie Lichtpunkte, die manchmal sehr weit weg und klein, manchmal näher und größer waren. Schließlich zog ein solcher Lichtpunkt ganz nah an ihr vorbei. Er sah aus wie ein erleuchtetes Fenster, dahinter konnte sie ein Zimmer mit einem Schreibtisch erkennen, auf dem ein tönerner Bär stand. Das nächste Fenster zeigte Staubeputtel, emsig damit beschäftigt eine kleine Katze aus Bergkristall zu schleifen.

Die erleuchteten Fenster wurden mehr und zogen immer schneller an ihr vorbei. Der Löwe. Das Floß Nuphar Nympheas. Der Wegweiser. Ein Wichtel - nur welcher? Zuletzt flitzten die Bilder so schnell an ihr vorbei, dass sie nur noch goldene Blitze sah. Vor diesem Flimmern schloss sie die Augen.

Der Wirbel spuckte sie aus, sie fühlte sich losgelassen und schwebte ein paar Augenblicke frei in der Luft, bevor sie auf weichem, aber kaltem Boden aufkam und hinfiel. Sie öffnete schnell die Augen. Sie war auf einer Lichtung gelandet und es war Abend, die Dämmerung lag weich über dem Land. Unter ihren Händen schmolz der Raureif, der auf dem weichen Gras lag. Dabei war es nicht Winter, alle Bäume und Sträucher waren belaubt, doch ihre Zweige und Blätter waren genauso mit Reif überzuckert wie das Gras.

Das Mädchen stand auf und ging langsam am Rande der Lichtung entlang. Auf dem Ast einer Birke saß eine kleine Kohlmeise, ganz erstarrt vor Kälte, den Kopf unter einen Flügel gesteckt. Am Fuße der Birke war eine Quelle, doch sie sprudelte nicht, auch sie schien durch die Kälte erstarrt. Das Mädchen dachte in ihrem Mitleid nicht daran, dass der Vogel sich auch als Traum erweisen könnte, der verschwand, wenn sie ihn berührte. Sie nahm die kleine Meise in ihre warmen Hände, hauchte sie an, bis sie spürte, dass sich die feinen Flügel bewegten. Die Meise war kein Traum, sie war warm und lebendig. Das Mädchen schüttelte den Reif von dem Ast, auf dem die Meise gesessen hatte, setzte den kleinen Vogel wieder darauf und wandte sich der Quelle zu. Die Meise plinkte, piepte und pfiff, wie es Meisen am Frühlingsanfang tun, wenn der Schnee schmilzt, und als ihr schließlich eine Amsel aus der Spitze einer Fichte antwortete, war es, als ob die Lichtung langsam erwachte.

Das Mädchen befreite die Quelle vom Eis und das Abendlied der Amsel zerschmolz es. Andere Vögel begannen zu singen und von den Blättern tropfte Wasser, das vorher Reif gewesen war. Das Mädchen ging weiter über die Lichtung, sah, wie sich Unterholz und Fingerhut aus der Erstarrung lösten. Unter einer mächtigen Buche, von der sie spürte, dass sie das Herz des Landes war, fand sie einen Fuchs. Er hatte sich zu einem Knäuel zusammengerollt und die buschige Rute über die Nase gelegt. Sein Fell war reifüberzogen und seine Augen geschlossen. Er sah so mutlos aus, so resigniert, als wartete er nur noch auf den Tod.

Das Mädchen setzte sich unter die Buche, lehnte sich gegen den starken Stamm und nahm den verfrorenen

Fuchs auf den Schoß. Sie wärmte ihn in ihren Armen, bis er mit den gelben Augen blinzelte.

"... endlich wieder da..." Das Mädchen war sich nicht sicher, ob sie das gehört oder gesagt hatte.

Lange Zeit verging. Der Frost wich einem lauen Sommerabend. Die blaue Dämmerung hing über den Baumwipfeln und man konnte einen hellen Stern sehen, der am östlichen Himmel strahlte. Im Westen fingen kleine, hingetuffte Wolken den letzten Schein der untergegangenen Sonne ein.

Das Mädchen wusste, dass sie angekommen war. Sie brauchte sich nicht mehr zu beeilen und alles war gut. Sie atmete tief und der wohlig warme Fuchs in ihren Armen rollte sich auf den Rücken, um sich den Bauch kraulen zu lassen.

"...geborgen... daheim..."

Sie spürte, dass das Land lebendig war und nicht mehr in Not. Zwischen den Bäumen schwebte ein Zauber, Vögel sangen kristallene Töne und Wasser sprudelte frisch und klar.

Dem Mädchen fiel auf, dass es nicht dunkler wurde, und sie erkundigte sich bei dem Bernsteinmännchen nach dem Grund.

"Hier in diesem Mitterund
ist, wie du wohl weißt,
stets die selbe Abendstund,
drum Dämmrungsland es heißt."

"Wie ich wohl weiß?" wunderte sich das Mädchen. Ganz langsam keimte in ihr ein Gedanke auf; sie wollte ihn nicht denken, er schien ihr zu anmaßend und unverschämt. Doch er stieg aus ihren Gefühlstiefen auf und ließ sich nicht verjagen. Etwas in ihr war völlig überzeugt von der Richtigkeit dieses Gedankens, aber sie

traute sich nicht, ihn auszusprechen, sondern holte sich erst eine Bestätigung vom Bernsteinmännlein.
"Du hast doch gesagt, dass die Länder Menschen sind. sag mir, wer ist dieses Land?"
"Du fragst mich, wer ist dieses Land,
    die Antwort geb ich gerne:
Hast du dich selbst denn nicht erkannt.
    bist du dir noch so ferne?"
"Nein", sagte das Mädchen glücklich und setzte den zappelnden Fuchs ins Gras, der langsam davonschnürte, nein, ich bin mir nicht mehr so fern, ich hab mich schon erkannt, ich traute mich nur nicht, es zu glauben..."

Das Mädchen dachte an den äußeren Ring des Landes, der sie beinahe abgeschoben hätte, an die Gewitterkluft, die sie durchklettert hatte, an den Wald der Ängste und den Wald der Träume, an den magischen Wirbel mit den vielen Bildern und sah sich auf der Lichtung um.

"Das Land ist so reich, so groß, so schön. Bin das wirklich ich?"

"Das Land der Dämm'rung, das bist du,
    gut, dass du es nun weißt,
    brauchtest den längsten Weg dazu,
    so ist's im Leben meist."

Nach einer nachdenklichen Pause setzte es hinzu:
"Es wäre frommer Selbstbetrug,
    wenn schön das Land du nennst,
    denn Scheußlichkeiten gibt's genug,
    die du nur noch nicht kennst."

"Aber wenn ich das alles bin", sagte das Mädchen und breitete die Arme aus, "das Schöne und die Scheußlichkeiten, dann *kann* mein Leben doch eigentlich nicht so kahl sein wie ein abgenagter Knochen."

Kaum hatte sie das gesagt, stand sie außerhalb des Nebels, der um das Land der Dämmerung lag, am Ufer des Sees an der Stelle, wo sie Nuphar Nymphea verlassen hatte.

"Nein", weinte sie, "ich will noch nicht zurück. Es ist doch mein Land, ich muss es doch kennen lernen!"

Sie stolperte verzweifelt in den Nebel hinein, kam aber immer wieder an derselben Uferstelle heraus. Das Land der Dämmerung war ihr verschlossen.

Wichtelstadt

Als Anna nach Hause kam, hatte sie kaum die Jacke an die Garderobe gehängt, als das Telefon klingelte. Das waren *die Anderen*.
"Wo warst du denn? Heute Vormittag; und heute Nachmittag, nie bist du da."
"Ja", sagte Anna, "ja, ja."
"Bist du aber gesprächig heute."
"Ich hab nur so gedacht", begann Anna, "wenn du die Wahl hättest, wärest du lieber Sonne oder Mond?"
"Sonne oder Mond. Quatsch. Die Sonne ist ein Glutball, da kann keiner existieren. Und auf dem Mond nur mit Raumfähre oder Raumanzug oder so."
"Nein, hör doch mal zu", sagte Anna, du bist nicht *auf* dem Mond oder der Sonne. Du *bist* Sonne oder Mond. Du *wärest* Sonne oder Mond. Also, was wärst du lieber?"
"Auf dem Mond wäre es mir zu kalt und da ist ja auch sonst keiner. Und die radioaktiven Strahlen der Sonne..."
"Nein, pass auf. Die Sonne strahlt aus sich heraus..."
"Wie kommst du bloß immer auf solchen Mist. Ich bin ein Mensch, und..."
"Ja, aber wenn du die Wahl hättest", sagte Anna, "stell es dir doch mal vor; du kannst wählen, ob du lieber Sonne oder Mond wärst."
"Dann schon am ehesten die Erde. Hier kann man wenigstens leben. Da oben wäre ich ja ganz alleine."
"Die Erde ist auch ganz alleine. Jedenfalls genauso alleine wie der Mond."
"Als Erde wäre man für die Menschen da und könnte Gutes tun."

"Für die Erde sind die Menschen eine Krankheit; wie ein Pilzbefall oder so, an dem sie zugrunde geht."
"Du spinnst mal wieder. Wir sprechen Morgen weiter. Tschüß."
"Tschüß, bis Morgen."
Anna knallte ihre Stirn ein paar Mal gegen die Wand. *Die Anderen.* Es war ihr nicht klar gewesen, wie *anders* sie wirklich waren.

"Nun, nun", sagte eine beruhigende Stimme, "solch eine Verzweiflung?"
Das Mädchen hob den Kopf und sah das Floß Nuphar Nympheas am Ufer liegen. Die Augen in Nuphars verschmitztem Wichtelgesicht waren dunkelblau und traurig.
"Was hast du denn nur?"
"Ich komme nicht mehr zurück ins Land der Dämmerung, und es ist doch mein Land", antwortete das Mädchen. "Ich hatte kaum Zeit, um... Ach, zu gar nichts hatte ich Zeit."
"Steig ein", sagte Nuphar mit gar nicht mehr traurigen, sondern erleichtert dreinblickenden Augen. "Ich bringe dich hinüber zum Seeufer."
Das Mädchen gehorchte und ließ sich in eines der leeren Hauentauchernester fallen.
Nuphar Nymphea saß in einem mit Schwanendaunen ausgepolsterten Nest und glättete nachdenklich das perlschimmernde graublaue Gewand. Wie bei ihrer ersten Begegnung war es später Abend, und die Glühwürmchen und Irrlichter leuchteten in den goldenen Lilien.

"Du bist also das Land der Dämmerung", sagte Nuphar.
"Ja, ich dachte es mir. Aber wenn du das Land bist, dann ist es immer da, wo du bist. Du brauchst nicht jedes Mal zurückzugehen, um es zu finden. Es ist in dir."
"Aber es war ein so langer Weg von meinem Boot im ausgetrockneten Teich bis zum Land der Dämmerung..."
"Das war doch nur ein langer Umweg. Der direkte Weg ist kürzer als ein Herzschlag, wo immer du gerade bist. Du musstest einen so langen Umweg nehmen, weil du den direkten Weg schon lange vergessen hattest."
"Aber ich weiß den direkten Weg nicht,"
"Du wirst ihn bald finden. Es fällt dir wieder ein, und dann musst du dafür sorgen, dass du den Weg nicht mehr vergisst. Aber selbst wenn das geschehen sollte, gibt es noch viele, viele Wege, die dich zurückführen können. Du musst sie nur sehen."

Das Mädchen lächelte schwach. Sie hoffte sehr, dass Nuphar Recht hatte.

Die ganze Nacht verträumte sie wieder auf Nuphar Nympheas Floß, und wieder wusste sie nicht, ob sie schlief oder ob sie wach war. Wahrscheinlich beides, dachte sie.

Am anderen Morgen stieß das Floß leicht gegen das Seeufer und das Mädchen kletterte an Land.

"Werde ich dich wieder sehen?"

Der Wasserwichtel lächelte.

"Natürlich. Du triffst mich auf einem Seerosenteich im Wald der Träume. Du kannst mich auch sehen in der Quelle auf der kleinen Lichtung. Und wenn dein Boot wieder fährt, bin ich bei dir auf dem Teich und auf dem Fluss. Natürlich sehen wir uns wieder. Leb wohl."

Das Floß glitt wieder auf den See hinaus und das Mädchen sah ihm nach, bis es in den Morgennebeln verschwunden war.

Das Mädchen ging durch den Wald und kam in das Land des Feuerwichtels. Bald sah sie sein rotes Häuschen, mit Feuerbohnen und Pfefferpflanzen überwachsen und die roten Schoten glühten im Laub. Der kleine Vulkan rauchte, doch die Kupferpfanne stand nicht darauf und Quendel Alvis war nirgendwo zu sehen.

Neben dem Vulkan lag Felisande und ließ sich die Sonne auf den orangeroten Pelz brennen. Sie öffnete die gelben Augen einen Spalt, doch als das Mädchen näher kam, hob sie eine Pfote und fuhr die scharfen Krallen aus. Das Mädchen zuckte die Achseln und ging.

Auf ihrem Weg merkte sie, dass sich das Land verändert hatte. Die Pfefferpflanzen und Bohnenranken blieben zurück, wichen Getreidefeldern, Obstgärten und Wiesen mit saftigem grünen Klee, auf denen schwarzweiße Kühe weideten.

"Was ist denn hier passiert?"
    "Hast bekannt gemacht die drei,
        das hatte gut gepasst.
    Sie ordneten das Land, drum sei
        auf Neues hier gefasst."

An der Stelle, wo das Mädchen Feuerstadt vermutete, lag jetzt auch eine Stadt, doch sie war dreimal so groß und ihre Häuser hatten wolkenweiße Wände, feuerrote Dächer und erdbraune Türen und Fensterläden. Die Menschen in den Straßen trugen Kleidung in allen

Farben; sie waren so bunt gewandet, dass das Mädchen in seinem einfarbig roten Kleid fast schon auffiel.

Am Rande des großen Marktplatzes blieb das Mädchen stehen. Was es da nicht alles gab! Obststände mit Äpfeln, Weintrauben, Birnen und Pflaumen. Gemüsestände mit allem, was das Herz begehrte, von Blumenkohl bis Zichorie. Auch Pfefferschoten, Bohnen, Eier und Kartoffeln gab es natürlich. Aus einer Bäckerei am Rande des Platzes zog ein leckerer Duft von gebackenem Brot durch die Luft und gleich daneben lagen im Schaufenster einer Molkerei große gelbe Käselaibe und standen Schüsseln mit schneeweißem Quark.

"Vooorsiiicht!" quietschte es zu ihrer Linken, und bevor sie zur Seite springen konnte, wurde sie von Perdix, Daucus großem Huhn, über den Haufen gerannt. Ein Wichtel flog über Perdix' Kopf hinweg in einen großen Stapel Salatköpfe.

"Daucus? Bist du verletzt?"

Doch was da aus den grünen Salatblättern hervor kroch, war nicht Daucus, es war Quendel! Sein Haar stand kerzengerade empor und er sprühte geradezu. Er kicherte.

"Ich weiß noch nicht genau, wo bei dem Huhn die Bremse ist", sagte er und rappelte sich hoch. Perdix war zeternd und gackernd zwischen den Ständen verschwunden.

"Quendel! Was ist hier los? Und warum reitest du auf Daucus' Rennhuhn?" Sie streifte ihm die letzten Salatblätter vom Hemd. "Und warum sieht Feuerstadt so anders aus?"

"Es ist nicht mehr Feuerstadt", sagte Quendel und zerrte sie an der Hand hinter sich her durch die Gassen zwischen den Marktständen. "Es ist jetzt Wichtelstadt. Wo ist nur dieses verflixte Huhn wieder hin?"

"Wichtelstadt? Aber wie... warum..."

"Wie, warum nur, wann..." sang Quendel, "Cha-Cha-Cha!"

Und er stürmte auf einen der Holztische zu, die vor einem großen Gasthaus standen. Da saß Clover Trifoleum und lachte ihnen entgegen, da saß Daucus Carotta und fütterte sein Huhn mit Getreidekörnern, während er ihm beruhigend über den Kopf strich.

"Das war ein Ritt!" prahlte Quendel und ließ sich auf die hölzerne Bank fallen. "Also, ich stieg auf, furchtlos und unerschrocken..."

"Guten Tag", sagte Clover, ohne sich um Quendels fantastisches Abenteuer zu kümmern, "sei willkommen und setz dich." Er nahm die Hand des Mädchens in seine beiden kleinen kräftigen Hände und wollte sie gar nicht mehr loslassen.

"Was ist hier passiert?" fragte das Mädchen, "Warum ist das jetzt Wichtelstadt?"

"Wir haben die Länder anders zusammengelegt", erklärte Clover, "sie liegen jetzt nicht mehr nacheinander wie Perlen auf einer Schnur, sondern aneinander wie die drei Blätter eines Kleeblatts, und dieser Platz ist die Mitte."

"Die mittigste Mitte", unterbrach Quendel, "die allermittigste mittlere Mitte."

"Und als wir uns alle drei um alle drei Länder kümmerten", sagte Daucus," bekamen wir all das, was uns fehlte und was du jetzt hier siehst. Zum Dank haben die Bewohner die Stadt *Wichtelstadt* genannt."

"Sieh doch nur!" Clover wies auf den Tisch, wo Brot und Käse stand, Sahne und Himbeeren, Apfelsaft und saure Gurken. Das Mädchen war hungrig und durstig, und so aß und trank sie mit den Wichteln und hörte ihnen staunend zu, wie sie sich kennen gelernt hatten und beschlossen, die Länder in Kleeblattform aneinander zu legen und welcher magische Aufwand dazu nötig gewesen war.

"Und die Häuser", schwärmte Quendel, "sehr schick, nicht? Jetzt kommt das schöne Rot erst richtig zur Geltung!"

"Und das schöne Weiß!" sagte Daucus.

"Und das schöne Braun!" sagte Clover.

"Auf uns!" Sie prosteten sich kichernd mit ihren Apfelsaftbechern zu und Quendel fügte hinzu: "Und ganz besonders auf mich!"

Er stellte seinen Becher hin.

"Und jetzt werde ich noch eine Runde auf diesem Huhn probieren."

"Nein, wirst du nicht", sagte Daucus. "Die arme Perdix ist völlig fertig. Sie ist viel zu sanftmütig für dich."

"Ha!" rief Quendel und seine Haare standen elektrisch in die Höhe. "Sanftmütig! Deine sanftmütige Perdix hat mich kopfüber in einen Salatstapel geschmissen!"

Daraufhin kugelten sich die Wichtel vor Lachen.

"Es tut gut, euch wieder zu sehen", sagte das Mädchen, "ich habe euch vermisst."

"Warst du im Land der Dämmerung?" fragte Clover.

"Ja, und als ich am See war, da -" Beinahe hätte sie von der Begegnung mit Nuphar Nymphea erzählt, erinnerte sich aber rechtzeitig daran, dass sie das nicht durfte, und statt dessen berichtete sie von ihrer abenteuerlichen Ballonfahrt über das dunkle Wasser und wie die Geschenke der Wichtel ihr das ermöglicht hatten.

Die Wichtel waren begeistert.

"Das probier' ich auch mal", murmelte Quendel träumerisch.

"Clover", begann das Mädchen zögernd, "wenn du der Erdwichtel bist und du, Daucus, der Luftwichtel und du, Quendel, der Feuerwichtel - " sie hielt einen Moment inne und spürte, wie das Bernsteinmännlein in seinem Anhänger missbilligend hin und her trampelte, "dann fehlt doch noch... ich meine... "

"Ein Wasserwichtel?" fragte Daucus, "Oh nein, es gibt keinen Wasserwichtel."

"Warum nicht ?"

"Das Wasser gehört zu mir", sagte Clover, "denn in meiner Erde sammelt es sich, bis es als Quellen an die Oberfläche tritt und in meiner Erde Bäche, Flüsse, Seen und Teiche bildet."

"Das Wasser gehört zu mir", sagte Daucus, "woher kommt es denn, bevor es auf die Erde regnet? Aus den Wolken, als Regen und Schnee, aus der Luft als Nebel, Tau und Reif."

"Das Wasser gehört zu mir", sagte Quendel, "wie bilden sich denn Wolken? Dadurch, dass heißer Dampf kühler wird, den die Sonne und die Hitze bewirkt haben."

"Aber woher kommt der Dampf? Doch wohl aus Flüssen und Seen..."

"Aber die Flüsse und Seen sind doch nur voll, weil der Regen..."

"Aber ohne Hitze gäbe es keine Regenwolken..."

So ging es noch eine Weile weiter. Das Mädchen seufzte.

"Du siehst also", sagte Daucus schließlich, "es kann keinen Wasserwichtel geben."

"Wenn es einen gäbe", sagte Clover, "dann müssten wir ihn wie einen Ball hin und her werfen, je nach dem, wer von uns gerade das Wasser beansprucht."
"Wasserwichtel- Pingpong", kicherte Quendel.
"Du quirlig kleiner Feuergeist,
  der komisch nur sein will,
von diesen Dingen du nichts weißt,
  drum schweige lieber still!"
"Wer ist denn das?" Quendel griff nach dem Anhänger und schaute hinein.
"Da ist einer! Da ist einer drin!" quietschte er, "Ich seh' ihn, ich seh' ihn!"
Daucus und Clover kamen neugierig heran und sahen sich das Bernsteinmännlein an.
"Starrt mir nicht alle ins Gesicht
  als wären wir im Zoo!
Ich warne euch, ich mag das nicht!
  Unsichtbar werd' ich - so!"
"Jetzt ist er weg", sagte Clover bedauernd. "Wer war das denn?"
"Das Bernsteinmännlein."
"Und warum dichtet es?"
"Es sagt, dass das Dichten zu einem richtigen Märchen gehört."
"So, so", sagte Quendel, "sosososososo!"
"Das Bernsteinmännlein war von Anfang an dabei. Es hat mir sehr geholfen bei meiner Reise."
"Kommt es nicht wieder?" fragte Daucus.
"Oh doch, es kommt schon irgendwann wieder. Aber manchmal ist es lieber unsichtbar."
Das Bernsteinmännlein erschien und räusperte sich, bevor es sprach.
"Nun aber hier herausspaziert,

fort von diesen Wichteln..."
Quendel unterbrach:
"Das Bernsteinmännlein ist pikiert
muss es doch immer dichteln!"
Das Mädchen wäre einerseits gerne noch bei den Wichteln geblieben, andererseits wartete der Bär auf sie. Sie musste ihm bald erzählen, dass sie das Land der Dämmerung war. Während sie nachdachte, entwickelte sich zwischen den Wichteln und dem Bernsteinmännlein ein merkwürdiges Gespräch.
"Es tut mir leid, doch müssen wir
zum Bären jetzt zurück.
Es war richtig gemütlich hier,
auf Wiederseh'n, viel Glück!"
Quendel leckte sich die Handflächen ab und glättete damit sein Haar, so dass es traurig links und rechts am Kopf herunterhing. Er rang die Hände und jammerte mit zitternder Stimme:
"Nun kommt die Zeit der Trennung bald,
wir sagen uns Ade,
ums Herz, da wird es uns so kalt
denn Abschied tut so weh!"
Während er sprach richteten sich seine Haare wieder auf, und schließlich standen sie so senkrecht in die Luft wie immer.
"Ohn' Abschied gäb's kein Wiederseh'n,"
begann das Bernsteinmännlein,
"Das ist wohl allen klar",
kicherte Daucus,
"Drum lasst die Trennung nur gescheh'n",
meinte Clover,
"Ich schon mal Bohnen spar'",

sagte Quendel; und als ihn alle erstaunt ansahen, fügte er hinzu:
"Nämlich für das nächste Mal",
"Darauf will ich schon trinken",
sagte Daucus,
"wenn wir uns ganz nach Lust und Wahl.
dann in die Arme sinken."
vollendete Clover.
Quendel ruderte mit den Armen.
"Ich singe gern, sing, wie ich kann,
ich singe laut, ich singe schön -"
Clover unterbrach:
"Sinken heißt das, du Dussel!"
Darauf Quendel:
"Ich sinke nicht, ich singe schön,
obwohl im Hals ein Fussel!"
Das Bernsteinmännlein hatte genug von den quirligen Wichteln. Es pflanzte sich in seinem Anhänger auf, stemmte die Fäuste in die Seiten und seine Augen blitzten wütend.
"Da schrei ich gleich aus voller Brust,
nie werd' ich mich versöhnen,
ihr treibt mich in den tiefsten Frust,
ihr wollt mich nur verhöhnen!"
Clover und Daucus beteuerten sofort:
"Wir denken doch gar nicht daran,
das ist immer nur Quendel."
Der mischte sich ein:
"Drum gebt ein Glas dem Bernsteinmann,
ich bin ein edler Spendel!"
Daucus verbesserte:
"Spender heißt das, und jetzt sei nett,
zu unsern beiden Gästen."

Quendel flüsterte so laut, dass es jeder hörte:
"Bin ich, doch sie sind schon fett,
man braucht sie nicht zu mästen!"
"Quendel!" riefen Daucus und Clover gleichzeitig empört.

Das Bernsteinmännlein wendete sich jetzt an das Mädchen. Sie stand immer noch unschlüssig da und dachte nach.
"Ich weiß, die Wichtel sind nicht bös',
wünsch' ihnen recht viel Glück,
doch machen sie mich ganz nervös,
wir müssen jetzt zurück!"
"Zum Bären", sagte das Mädchen langsam, "ja, wir müssen zum Bären zurück."

"Bär?" fragte Quendel neugierig, "Wo ist der Bär? Ich werde ihn in die Knie zwingen!"

"Du gehst ihm gerade bis zum Knie", kicherte das Mädchen.

"Eben", sagte Clover völlig ernst, "er sagte ja auch, er würde den Bären ins Knie zwicken."

"Ins Knie zwicken?" rief Quendel, "Wasch dir doch die Ohren! Ich sagte..."

Daucus hielt ihm den Mund zu.

"Du hast wohl genug gesagt für heute. Dir ist der Apfelsaft zu Kopf gestiegen. Jahrelang auf einem Vulkan sitzen und nur scharfes Zeug essen, das muss ja den Charakter verderben."

Quendel tat so, als sei er beleidigt.

"Kein Wort sage ich mehr", quetschte er mühsam zwischen Daucus Fingern hervor, "nicht ein einziges, armseliges kleines Wörtchen werdet ihr mehr von mir hören. Ich werde schweigen. Stundenlang, tagelang und wochenlang werde ich schweigen. Ich werde so lange schweigen und kein Sterbenswörtchen sagen, bis ihr mich anfleht, auf Knien anfleht, doch wieder etwas zu sagen. Doch selbst dann werde ich mich weigern zu reden. Niemals mehr soll ein Wort über meine Lippen kommen... "

Daucus ließ ihn los und seufzte.

"Der quasselt uns unter den Tisch mit seinem Schweigegelübde."

"Also", sagte Clover zu Quendel, "rede! Sag uns alles! Sofort! Und womöglich in Versen!"

Quendel war still, trank ein wenig Saft, lehnte sich zurück und blinzelte behaglich in die Sonne.

"Ich muss jetzt wirklich gehen", sagte das Mädchen, "aber ich komme bald mal wieder."

Sie drückte den Wichteln die Hände.

"Sollen wir dich nicht begleiten?" fragte Clover. "Wenigstens ein Stück? Das Land ist jetzt anders."

"Wenn hier der Mittelpunkt ist, an den alle drei Länder grenzen, muss ich durch das Erdwichtelland und komme so zurück zum ausgetrockneten Teich."

"Stimmt."

Trotzdem begleitete Clover sie noch bis zum Stadtrand.

"Wenn du jetzt hier geradeaus gehst, wird das Land allmählich kartoffeliger, und dann kommst du auch an meiner Hütte vorbei. Hippolytia wird dort herum irgendwo grasen. Sag ihr, dass ich bald nach Hause komme."

"Leb wohl, Clover."

"Leb wohl."

Als das Mädchen den Weg weiterging, drehte sie sich oft um und immer stand Clover noch dort am Stadtrand, um ihr nachzuwinken. Bald sah sie nur noch sein rotes Haar, das in der Sonne leuchtete, und schließlich war er hinter einem Hügel verschwunden. Das Mädchen drehte sich jetzt nicht mehr um. Sie wollte jetzt vorwärts, zum Bären.

Am Teich

Das Wetter war immer noch unbeständig. Anna saß im Wohnzimmer. Sie hatte sich in eine Decke gewickelt, sah sich einen alten Spielfilm an und strickte an einem Pullover mit Strickgarn in neun Farben nach einem komplizierten Muster. Im Haus und auch draußen war es wunderbar still. In manchen solcher stillen Nächte bildete sie sich ein, die Drehung der Erde zu spüren. Natürlich war sie *auch* ein Kind der Erde, aber das war ja nicht die Frage gewesen. Sie knabberte ein paar Walnüsse und beugte sich wieder über ihr Strickzeug.

Das Mädchen sah schon von weitem, dass der Bär beim Wegweiser stand und auf sie wartete. Sie lief auf ihn zu.

"Was ich alles erlebt habe!" rief sie, "Wo ich überall war!"

Der Bär führte sie zu ihrem Kahn im ausgetrockneten Teich und setzte sich ans Ufer.

"Erzähle", brummte er, sobald sie auf der Ruderbank Platz genommen hatte. "Eins nach dem anderen. Von Anfang an."

"Von Anfang an" wiederholte das Mädchen und holte tief Luft. "Also am Anfang... Ja, ganz am Anfang bin ich ins fahle Land gegangen..."

Und sie erzählte vom fahlen Land, von der Burg und Staubeputtel, das keine Tiere und Bäume in seinem Land haben wollte.

"Vielleicht hat Staubeputtel jetzt Edelsteinfiguren, oder malt wieder Bilder."

"Die Geschichte vom fahlen Land", sagte der Bär. "Was hast du daraus gelernt?"

"Du brauchst dich nicht mit Stagnation abzufinden, auch wenn du völlig durchgeknallte Ansichten über ein lebenswertes Leben hast, die niemand außer dir versteht."

Das Mädchen horchte auf, denn sie hörte plötzlich Wasser plätschern. Und wirklich, als sie genau hinsah, bemerkte sie, dass am Ufer des ausgetrockneten Teiches eine Quelle aufgesprungen war, die ihr Wasser lustig plätschernd über den trockenen Teichboden schickte.

"Erzähle weiter", sagte der Bär, "was kam dann?"

"Dann kam... Oh, das geheimnisvolle Land."

Und sie erzählte von der Dunkelheit und der Leere, von der Wespennest-Traube und wie verzweifelt sie gewesen war, bis endlich der Ausgang sichtbar wurde und sie das Land wieder verlassen durfte.

"Die Geschichte vom geheimnisvollen Land", sagte der Bär. "Was hast du daraus gelernt?"

"Zieh dich nie so weit zurück, dass dich keiner mehr erreichen kann."

Sie hatte kaum zu Ende gesprochen, als sich am Ufer eine zweite Quelle auftat und ihr Wasser mit dem der ersten vermischte.

"Weiter", brummte der Bär.

"Danach war ich im Land des Löwen."

Sie schloss die Augen und sprach von der goldenen Wärme, aber auch von den Löwengewittern und dem Nebel, der sie fast erwischt hätte.

"Die Geschichte vom Land des Löwen. Was hast du daraus gelernt?"

"Lass nicht jeden in dein Leben trampeln, sonst musst du einige später mit großem Energieaufwand wieder daraus vertreiben."

Die dritte Quelle begann zu sprudeln. Für jede Geschichte eine Quelle? fragte sich das Mädchen. Wenn das stimmte, würde ihr Kahn bald schwimmen.

"Weiter."

"Dann kam ich zu Boobuu."

Sie versuchte, dem Bären zu beschreiben, wie seltsam das Land aussah. Sie schilderte Boobuus große Augen und die süßen Leckereien, die es dort gab.

"Die Geschichte des gastlichen Landes", verkündete der Bär. "Was hast du daraus gelernt?"

"Hab keine Angst und stelle dich dem Leben, sonst wird die eine Menge fehlen."

Die Belohnung für diese Geschichte war eine weitere Quelle. Das Wasser stieg unaufhaltsam.

"Auf dem Weg ins Land der Dämmerung traf ich dann die Wichtel."

Sie beschrieb das Land des Erdwichtels Clover Trifoleum, wo es nur Kartoffeln gegeben hatte.

"Die Geschichte von Clover Trifoleum. Was hast du daraus gelernt?"

"Du musst der Erde vertrauen und dem Leben."

Die fünfte Quelle sprudelte.

Sie erzählte von dem Land des Luftwichtels Daucus Carotta, der ein Rennhuhn hatte und sich von Eiern ernährte.

"Die Geschichte von Daucus Carotta. Was hast du daraus gelernt?"

"Manchmal musst du Veränderungen schaffen, um weiterleben zu können."

Die sechste Quelle.

Sie sprach von dem Land des Feuerwichtels Quendel Alvis, der sich mit seiner Katze balgte und auf einem Vulkan Bohnen kochte.
"Die Geschichte von Quendel Alvis. Was hast du daraus gelernt?"
"Das Leben ist ein Abenteuer und du bist der Held deiner Geschichte."
Die siebte Quelle.
Dann hatte sie Nuphar Nymphea getroffen auf dem großen Floß mit den leuchtenden Lilien.
"Die Geschichte von Nuphar Nymphea. Was hast du daraus gelernt?"
"Denke nach und sieh immer genau hin."
Die achte Quelle.
"Das Land der Dämmerung!" Sie legte die Hände an ihre heißen Wangen. "Oh, das Land der Dämmerung!"
Und sie erzählte ausführlich vom Land der Dämmerung, das so reich war, wie sie es nie gedacht hätte.
"Da war ein Fuchs", sagte sie, "und die Vögel sangen und der Reif taute und ich habe gemerkt, dass ich das Land der Dämmerung bin."
Der Bär nickte zufrieden.
"Die Geschichte vom Land der Dämmerung. Was hast du daraus gelernt?"
"Kümmere dich um das, was du innerlich bist, sonst wirst du erstarren."
Mit einem hellen Aufblitzen bahnte sich die neunte Quelle ihren Weg.
"Schließlich war ich in Wichtelstadt."
Sie berichtete, wie sie die Wichtel wiedergetroffen hatte und wie alles so anders geworden war, nachdem sich die drei kennen gelernt hatten.

"Die Geschichte von Wichtelstadt. Was hast du daraus gelernt?"
"Das Zusammensein mit verwandten Seelen macht das Leben reicher."
Und die zehnte Quelle begann zu sprudeln.
"Hast du nicht etwas vergessen?" fragte der Bär.
"Vergessen?"
Das Mädchen sah ihn verwirrt an.
"Du wolltest herausfinden, ob du ein Kind der Sonne oder des Mondes bist", erinnerte der Bär.
Das Mädchen durchfuhr ein eisiger Schrecken. Das hatte sie tatsächlich vergessen! Die ganze lange Reise war völlig umsonst gewesen!
"Ich..." stammelte sie, "ich... ich..."
Denk nach, hätte Nuphar Nymphea gesagt, *sieh genau hin!*
Sie hatte gewusst, dass der Löwe ein Kind der Sonne war. Weil sein Land, weil er selbst gar nichts anderes hätte sein können. Sie wusste nun, dass sie das Land der Dämmerung war. Sie schloss die Augen und dachte mit dem Herzen nach.
"Ich möchte nicht nur strahlen wie die Sonne. Ich möchte nicht, dass dort, wo ich bin, immer nur Tag ist und nie Nacht. Ich wäre gerne der Mond, der die Welt bei Tag und Nacht kennt. Die Katzen, Füchse und Dichter würden mich lieben. Ich könnte das Licht der Sonne reflektieren und hätte immer eine dunkle Seite."
Sie lächelte und schlug die Augen auf.
"Ich bin ein Kind des Mondes!"
"Ja", sagte der Bär, "du bist ein Kind des Mondes."
"Das hast du gewusst?"
"Aber ja, das habe ich gewusst."
"Warum..."

"Hattest du nicht gesagt, dein Leben wäre kahl wie ein abgenagter Knochen? Saßest du nicht auf dem Trockenen? Und nun sieh dich doch nur um!"

Laut plätschernd sprudelten die zehn Quellen. Der Teich war gefüllt, und der Kahn schaukelte auf den Wellen. Das Wasser strömte wieder durch den Kanal zum großen Fluss.

"Ich muss jetzt gehen", sagte der Bär, "und das Bernsteinmännlein geht mit mir. Den Anhänger aber darfst du behalten. Er soll dich daran erinnern, nicht mehr so viel Zeit vergehen zu lassen, bis du an mich denkst."

"Oh, ich werde oft an dich denken!" versicherte das Mädchen.

"Achte auf die Quellen, damit sie nicht wieder versiegen."

Der Bär machte sich langsam auf den Weg zum Waldrand.

"Aber du kannst doch nicht einfach so gehen!" sagte das Mädchen. Das alles ging ihr viel zu schnell, all diese Abschiede - und was wurde aus ihr?

"Was soll ich denn jetzt tun?" rief sie dem Bären hinterher.

"Was du tun sollst?" Der Bär drehte sich um und deutete mit der Tatze zum Fluss. "Nimm dein Ruder! Setze die Segel! Fahre hinaus!"

Anna suchte lange, bis sie zuunterst in einer Kommodenschublade ihren Flanellschlafanzug mit den Bären darauf fand. Sie zog ihn an - er passte noch - , bürstete sich das Haar und ließ sich ins Bett fallen. Der Bernsteinanhänger, den sie an das Kopfende gehängt hatte, schlug leicht gegen die Messingstangen. Sie zog sich die Bettdecke bis ans Kinn hinauf und dachte darüber nach, dass sie erst heute Morgen das Bärchen bekommen hatte. Es kam ihr so vor, als wären viele Wochen seitdem vergangen, bunte und zauberische Wochen voller Abenteuer.

Regen pochte leicht an die Fensterscheiben. Es tat gut, im warmen Bett zu liegen und zuzuhören. Nuphar, dachte Anna verschlafen, Nuphar Nymphea...

Sie drehte sich zur Seite, um die Lampe auf dem Nachttisch auszuschalten, doch vorher zwinkerte sie noch dem Bärchen zu, das auf der Kommode stand. Sie gähnte, löschte das Licht und machte die Augen zu.

Die Vögel auf der Waldlichtung sangen im sommerlichen Abendwind. Unter der Buche saß der Fuchs und winkte mit seiner buschigen Rute.

" ...siehst du, das ist der gerade Weg... "